文春文庫

最高のオバハン

中島ハルコの恋愛相談室

林　真理子

文藝春秋

最高のオバハン　中島ハルコの恋愛相談室

目次

本書は、二〇一五年五月に「中島ハルコの恋愛相談室」
として刊行された単行本を文庫化した作品です。

最高のオバハン

中島ハルコの恋愛相談室

ハルコ、パリで熱弁をふるう

菊池《きくち》いづみは、そのホテルに泊まったことを一日めから後悔した。

「やっぱり私には高級すぎる」

ブリストルホテルといえば、パリで一、二を争う由緒あるホテルである。アールヌーボーを思わせる植物の壁紙も中庭のたたずまいもなんともエレガントだ。サービスも素晴らしく、いづみに黒服のコンシェルジュやドアボーイたちが常に目くばりしている。そしていづみの姿を見るなり、

「ボンジュール、マダム」

と声をかけてくれるのだ。格式は高いが、居心地のよい寛げるホテルである。が、料金は高い。いづみの泊まっているいくぶん小さなタイプの部屋でも、一一五〇ユーロ、約十五万円だ。これには理由があった。

いづみはフードライターをしている。さまざまなレストランやシェフを訪ねてその記事を書くのが仕事である。雑誌に連載を六つ持っているからまず売れっ子といってもいいだろう。いづみは主に東京や大阪といった大都市のレストランを取材し記事を書く、という仕事をしているが、たまには自分の勉強のためにパリに来ることもある。自前だと大層つらい。フードライターというのは、原稿料も高くはないし、本を出したとしてもそう売れることはなかった。よって出版社から費用を出してもらうことになるのであるが、これが最近とてもむずかしい。しかし、女性誌「リリカル」の編集長大崎《おおさき》がこう言ってくれたのだ。

「最新のパリレストラン情報やろうよ。飛行機もホテルもさ、うちの方でタイアップとるから」

タイアップというのは、雑誌掲載の大きさに見合って料金をうんと安くしてもらったり、無料にしてもらうことである。大崎は昔から太っ腹の男であった。このところ出版社は不景気が続いていて、経費はどこも引き締めている。それなのに、

「好きなところで食べておいでよ」

と言うのだから、フードライターにとっては夢のような話である。いろいろ計画を進めていたところ、大崎が突然の人事異動でとばされてしまった。行き先は九州支社の営業だというのでみなびっくりしている。聞いたところによると、経費の使

い込みが露見してしまったという。

が、編集者たちに言わせると、

「大崎さんは、いい時代の金の遣い方が身についた人だから」

ということになる。趣味であるワインを長年にわたって、会社の金を使ってさんざん飲んでいたらしい。景気がよくて「リリカル」にもたくさんの広告が入っていた頃には、接待で飲む高価なワイン代にも会社の上層部は目をつぶっていてくれたが、もう堪忍袋の緒が切れた、ということであろう。

組合に訴える、と息まいた彼に、

「業務上横領にしないだけ有難いと思え」

と専務が言ったという、まことしやかな話が伝わってくる。そしてあの女好き、酒好きで知られ、結構人望があった大崎編集長は、遠い九州に向かうことになった。

「もうこれで雑誌のいい時代は終わったのねえ」

と誰もが言う。が、いづみはそんな感傷にひたってはいられなかった。パリ旅行を自前でしなければならない。飛行機は格安料金のものをなんとかするとしても、ホテルはどうしようもなかった。ちょうどパリコレの時期にぶつかってしまい、大手はもちろんプチホテルまでいっぱいだったのである。かろうじて、前もって予約を入れていたブリストルだけが取れたのだ。

タイアップという話も宙に浮いて、本来ならばこのパリ旅行を取りやめにすべきだった。しかしいづみには、パリに来る理由があった。それは人が聞いたら馬鹿馬鹿しい話かもしれなかったけれど……。

「ボンジュール、マダーム」

赤い絨毯を踏みしめてロビイをつっきろうとすると、顔なじみとなった黒服の女性が朝の挨拶をしてくれた。白人の美しい女だ。髪をきっちりとアップにしているのが清々しい。フランスの女というのは大柄ではないが、バランスがとれてすっきりした体をしている。

「ボンジュール」

いづみも挨拶を返し、ドアに向かっていた時だ。「ちょっと」という声がした。日本語だ。ふり向くと一人の女が立っていた。おしゃれな女でこっくりした茶色のマントを羽織っていた。年は四十代後半か、あるいは五十代だろうか。くりっとした目と、口角が上がった大きな口とが彼女を年齢不詳に見せていた。

「ちょっと、ちょっとオ」

彼女はロビイの端に立ち、日本式に手招きをした。いづみはむっとする。用事があればそちらから来るのがあたり前ではないか。しかも見知らぬ女なのだ。

「ちょっとオ」

しかし彼女はさらに手を動かす。仕方なくいづみは近づいていった。めんどうくさかったのと彼女の様子にまるで邪気がなかったからだ。

「ねえ、ねえ、知ってる」

いづみが彼女の前に立つと、女はさらに狎《な》れ狎れしくなった。

「ここの朝ごはんって三十ユーロもするのよ。日本円にしたら、四千円じゃないの。びっくりしちゃうわよねぇ」

「海外ですからそのくらいするかもしれませんよ」

いづみは言った。一流ホテルの朝食はどこも高い。ニューヨークだったらもっとするところがある。

「それにしても、ねえー」

女はいづみの顔を見つめながら深く頷く。あなただってそうでしょう。そうにきまってるわよねえーと言いたげに口をきゅっと上げた。ちょっとうっとうしいと思ったものの、いつのまにか、

「そうですねえ」

とあいづちをうっていた。

「あなた、いつもどうしてるの」

「私ですか……。私はホテルの朝ごはんは食べません。外に出てカフェに行きま

す」

「今も行くところだったの」

「ええ」

「だったら一緒に行くわ」

連れていってくださいでも、案内してくれるかしらでもない。自分が行きたいのだから当然お前も行くであろう、という態度である。全く、この女の口のきき方ときたら……。いづみは呆れたを通り越して何やら不思議な気分になってくる。見れば自分よりずっと年上の中年女だ。分別もあれば、教養というものもあるであろう。ブリストルホテルに泊まるくらいなので、ただのおばさんとも思えない。それなのにどうしたら初対面の人間に、これほど厚かましいことが出来るのかと、いづみはついむらむらと好奇心がわいてきた。

(いったい、どういう素性の女なんだろう)

気がつくと、女と一緒に朝の街を歩き出していた。

「いきあたりばったりに行くんですよ」

念を押した。

「昨日右の方へ行ったら、カフェがありましたけど、観光客用らしくこの時間だとまだオープンしてませんでした。ですから今日は左の方へ行ってみようと思います」

「ふうーん、なるほどね」

女はさほど感心する様子でもなさそうであるが、わざとらしく頷いて、肩を並べて歩き始める。そうすると女が、かなり背が高いことがわかった。この年代の女にしては顔が小さく脚が長い体型だ。ほとんど素顔なのだが、肌も綺麗で、美人の部類に入れてもいいかもしれなかった。ただし口をきかなければ、という条件がつく。

ギャルソンが椅子を並べ始めたカフェを見つけ、二人はテーブルに座った。

「カフェ・オレとクロワッサンね」

いづみが男に注文すると、

「すごいわね！　フランス語を喋ってるわ」

女が目を丸くした。

「フランス語なんか喋ってませんよ。カフェ・オレとクロワッサン、って言って、プリーズの替わりになるシイル・ヴ・プレをつけただけですよ」

「だけどすごいわよ。あ、私にも同じもの頂戴ね。そのカフェ・オレとクロワッサンね、お願いよ。バターだけじゃなくて、ジャムもつけて」

女はギャルソンの方を向いて、すべて日本語でまくしたてた。すると不思議なことにギャルソンがすべて了解してウイと答え、あちらへ行ってしまったではないか。

「さあ、楽しみだわ。カフェで朝食。私ね、このあいだパリに来た時もね、こういうところでいっぺんご飯食べたかったのよ。だけどね、視察団で来たもんだから、まわりはおばちゃんばっかりでしょ。おばちゃんっていうのは、新しいところへ行こうとか、ホテルを出てどこかで朝ご飯食べてみようとかまるっきり思わない人たちよね」

自分もおばちゃんではないかと、いづみは心の中でつぶやいたが、それは間違いだということに後で気づく。

「あのう、視察団って、どういうお仕事なさってるんですか」

いづみは尋ねた。自分の方が先に質問する権利があると思ったからだ。

「そうよねえ、まだ名前言ってなかったわね」

女はせかせかとバッグを開き、シャネルのピンク色の名刺入れを取り出した。名刺をくれる。その動作に「どうだ」といった誇らしさが混じっていることにいづみは気づいた。その名刺には「ビュー・コンシェルジュ　代表取締役社長　中島《なかじま》ハルコ」と書かれている。

「えー、社長さんなんですか」

「そう、そう。五十人ぐらいしかいない会社なんだけどね」

ハルコは、カフェ・オレを運んできたギャルソンに、「どうもありがとうねー」と大きな声で日本語で言った。

「でも社長さんなんてすごいですよ。あ、私はこういうものです」

いづみの方も名刺を渡す。そこには「ライター・編集」という肩書きが書かれているはずだ。

「ま、菊池さんって雑誌のお仕事してるの」

ハルコの目がぱっと大きく輝く。いづみがマスコミ関係の者とわかった時のたいていの反応だ。

「ええ、まあ」

「そんならファッションやらビューティーの仕事してるのよねッ」

「いえいえ、私はファッションじゃなくて、もっぱら食べ物関係なんです。レストランやスイーツなんかの情報書いてるんですよ」

「なんだ、そうかア」

ハルコの落胆ぶりが大きかったので、いづみはさらに質問を重ねる。

「あの、中島さんってファッション関係のお仕事をしてるんですか」

「いいえ、そうじゃなくてＩＴ関係よ」

「ＩＴ……」

いづみはまじまじと目の前の女を見つめた。まわりにもITの会社を起こした者は何人かいるが、みんないづみのように三十代かそうでなかったら二十代だ。こんな中年のおばさんがしているITの会社って……。

「あのね、私はもともと美容師をしていたのよ」

そういえばそんな感じがしないでもない。髪も肌もよく手入れがいきとどいている。

「それでね、三十代でエステサロンを始めて、まあまあうまくいってたのよ。三軒お店を持つぐらいになったからね。だけどね、あの商売、ものすごく競争が激しくてね、大手には負けちゃうわけ。そうしたらその頃、みんなパソコンや携帯であれこれやり始めたから、私も〝楽天〟みたいなことしようと考えたわけよ」

「はあ……」

「だけど後発はダメよね。資金力だってまるで違うし。それでね、三年間勉強しに行ったわよ、ホームページのデザインとかしてやたら儲かってる会社に入ったわ。あの頃、若い男がいろんなサイトを立ち上げてはボロ儲けしてたけど、まあ、じっと耐えたのよ。事務のおばさんしながら、あれこれ勉強したってわけよね。今の若い人ってすぐに会社つくりたがるけど、基礎を学ぶことをしないから、すぐに潰れるのよね。そこへいくと私は、じーっと我慢してたから、今、これだけになったのよ。私は、結構講演なんかやってすごく人が入るのよ、私が雑誌に出てるの、見たことないかしら」

「いいえ、すみません」

「マスコミの仕事してるわりには、勉強が足りないんじゃないの」

「ホントにすみません……」

どうして謝らなくてはならないのかわからないが、自然とこういうことになってしまう。しかし「ビュー・コンシェルジュ」という名前も、中島ハルコといういささか古めかしい名前も聞いたことはなかった。

「あの、それで中島社長の会社は、いま、どういうことをされているんですか」

「七年前に美容関係のサイトを立ち上げたのよ。あなた、本当にうちのこと知らない？」

「はい……」

「やあねぇ、七年でこれだけ急成長した会社ってことで、このあいだも『ダイヤモンド』に取り上げられたのよ。私のインタビュー記事、写真はカラーでね」

「すみません」

「美人社長と呼ばれている、って書いてくれたのよね。取材に来た記者もすっかり私に心酔しちゃってね。今度中島さんの生き方を大特集したいって言うのよ」

「へえー」

「なんていうのかしら、今の若い人って適当に生きているところがあるから、私みたいな人間にガツンとやられると、すごく新鮮らしいの。昨今の若者についてどう思われますか、って聞くからさ、『働かざる者食うべからず』って言ってやったわよ。そうしたらその若い記者って、今、そういうことはっきり言ってくれる大人がいないから素晴らしいですって、すごく感激しちゃうのよね」

「そうでしょうね」

あいづちをうつうち、いづみの心は不思議な方向へと変化していく。なにやら楽しくなってきたのである。これほどてらいなく、自慢話をえんえんと出来る人間に初めて出会った。しかし全く嫌な感じがしない。むしろ爽快な気分になって、なにやら笑いたくなってくる。

「うちはね、人気の美容院やエステを携帯から予約してあげるのよ」

やっといづみの聞きたかった本筋に入ってきた。

「今、こういうサイトいっぱいあるわよね。だけどね、うちのすごいところは、誰でも聞いたことのある、有名サロンやエステを紹介してあげられること。これはね、私が一人一人オーナーに頼み込んで実現したことよね。それからうちでいちばん伸びてる部門はね、モニターに化粧品の試供品渡してその感想をもらうことね。モニターっていっても、そこらへんの貧乏人がサンプル欲しさにやってるのとは、質がまるで違うのよ。ちゃんとね、感想文書いてもらって、こっちが選んだ人だけがモニターになるわけよね。この仕事もね、私が大手の化粧品会社の上層部とすごく仲がいいから実現したことなのよ……」

そこへギャルソンがクロワッサンを持ってきたが、ちゃんとガラスの小さな皿にジャムが盛られている。ハルコはがぶりとクロワッサンにかぶりついた。

「おいしいわねー。これ、いくらするもんなの」

「三ユーロですから、四百円ぐらいですかね」

「安いじゃないの」

ハルコはしんから感動したように言った。

「ホテルからたった五分歩いただけで、こんな安くておいしい朝ごはん食べられるなんて、やっぱり情報って大切よね。私はね、まあ、こんな情報を発信する会社やってるわけ」

「なるほど」

いづみは妙に納得してしまった。

「ところでさ、菊池さんっていくつ」

「三十八歳ですけど……」

「ふうーん、もうちょっと上に見えたな。あなた美人だけど、ちょっと目尻のシワが目立つかも。それに法令線もね。そんなのヒアルロン酸をちょっと入れればいいじゃないの。あのね、実はうちのサイト、美容整形の相談もしてるのよ。コンシェルジュがちゃんといてね、どこの医者へ行けばいいか、お金はいくらくらいかかるかちゃんと教えてあげる。これが中立でいちばん正確ってえらく評判いいのよ」

「そうですか。その時はよろしくお願いします」

これには少々むっとしたので、いづみは反撃に出ることにした。

「中島さんって、お幾つですか」

「ハルコさんでいいのよ。私、幾つに見える？って答える女が私はいちばん嫌い。お若ーい、って言われるのを期待してるんだから。私は五十二歳よ」

「わりといってますね」

ほんの少しいづみは嫌味を言った。

「そうなのよ。ま、歳も私はずっと若く見えるから、年齢を言うとみんな驚いてしまうんだけどね、まあ、五十歳っていうのも悪くないわよ。まだまだモテるしね。現に私、パリで恋人と待ち合わせしてるし」

「えー、そうなんですか」

四十代ならともかく、五十代のおばさんに恋人がいて、パリで待ち合わせ、などというロマンティックなことをするというのはにわかには信じられない。

「ということは、中島さん、いいえハルコさんは、独身っていうことですよね」

「そう、バツ2」

「ということは、相手の男性は家庭アリですよね」

「そりゃ、そうよ。五十代の男性で独身なんて、離婚したてか、奥さんに先に逝かれたばっかりのどっちかよ。五十の女と恋愛するのは五十の男と決まってるわ。私、若いの興味ないし」

「っていうことは、不倫もしょっちゅうですよね」

「不倫なんて言葉は嫌いだけど、仕方ないわよねえ、そうなるのはね、だけど私はね、ちゃんと仕事持ってるしお金もある。自分の責任で相手とつき合ってるわけよ。お金もあるけど分別と知恵もあるからね、相手の奥さんに知られたり、つらい思いをさせるようなことはいっさいないしよ。三十の後半の女が妻子持ちの男とつき合って、私の青春返してくれ、私の未来はどうなるって、ピイピイわめいてるのとはわけが違うわよ」

「悪かったですね」

いづみは言った。

「私はそのピイピイ言ってる典型的な三十女ですよ」

──菊池いづみの相談ごと。

さすがのハルコさんも聞けなかったようですけど、私のような歳でブリストルホテルに一人泊まるなんておかしいですよね。いくらパリコレで混んでいるといっても、急ぎの用でもないわけですし。

実は私ヤケを起こしているんです。なんだかもう自分の持っているお金を、すべて遣いたくなっているんです。

私はフードライターをしていますが、この職業、今の不景気をまともにかぶっています。

出版社の景気のいい頃は、取材も経費を使えたんですが、今はそんなことはありません。ですから、どこそこの店がおいしいといった取材は、ほとんど自分でお金を出さなくちゃならないんです。ですから食べ物の記事を書く人って、大手の広告代理店に勤めているとか、別の仕事を持っている人が多いんです。それからもともとおうちがよくてお金持ちの人でしょうか。

これはまあ、誰も言うことですからはっきり言っていいと思いますが、貧乏な生まれ育ちでフードライターになった人はいないと思いますし、なれないと思います。

やはり子どもの頃からおいしいものを食べている人間でないと〝基準〟というもの

がつくれません。そしてつけ焼刃で気のきいたようなことを言ったり書いたりしても、お店の人にわかってしまうと思います。

自分のことを話しますと、私は総合商社に勤めていた父について、子どもの頃、オーストラリアのシドニーとベルギーで過ごしたことがあります。シドニーには自然の他にこれといった思い出もありませんけど、ベルギーは楽しい食の記憶がいっぱいあります。隣りのフランスの影響を受けておいしいものが多いんです。それにうちの母が料理自慢で、さっとローストビーフを焼くような人でした。弟がいますけど、クリスマスには本格的にターキーを焼いて、ケーキも手づくりのパーティーをしましたっけ。

だけどそれも長く続きませんでしたね。父が大阪支店長だった時に、部下の女性と恋愛をして母と離婚したんです。私が中学生の時ですからそりゃあショックですよ。相手の女性と父は再婚するんですが、その写真を見せられた時は、怒りでカーッとしましたね。バカな弟は平気で式に参列して、写真を撮ってきたんですよ。人の旦那を取ったくせに、ちゃんとウエディングドレスを着てる彼女を見て、

「なんてひどい図々しい女だろう」

と思っていたんですが、その私が、不倫にはまってしまうんですから笑ってしまいますよね。

二十代が終わる頃って、ちょっとした気のゆるみといおうか、へんに自信をもって傲慢な気分になることがありますよね。仕事がうまくいっていて、署名記事もばんばん書くようになった頃です。自分のように仕事が出来て世の中に認められる女は、平凡な結婚をしても仕方ないんじゃないだろうか。ここで自由で個性的な生き方を考えてもいいんじゃないかと……。

そこへ彼が現れたんです。父の勤めていたところよりも一ランク落ちる商社に勤めている人です。

うちの父もそうですが、商社マンというのは俗っぽいことをよしとする傾向があります。お酒、ゴルフ、銀座が大好きで、話もうまいしものをよく知っている。まあ、魅力的な男の人です。

「僕には家庭があるけれど、それを壊すつもりはない。だけど君のことは愛してる」

ってよく言ってましたが、これってもちろん常套句ですよね。最初からこう言っておけば、後から嘘つき呼ばわりされることもないわけですし……。

よく事件を起こす不倫の当事者って、

「妻とはうまくいっていない。いずれ妻と離婚するから」

って言うらしいけれど、本当にこんなこと言う人っているんでしょうか。真に受ける女の人っているんですかね。

私なんか不倫というのは期間限定つきの恋愛だと思っていました。だからこそ楽しいんだって。二人で京都へ行ったり、北海道に流氷を見に行ったりしましたよ。自分は頭のいい、割り切ることの出来るカッコいい女だと思っていましたが、こういうのって本当に勘違いなんですよね。自分で自分の心をなめていたっていうんでしょうか。人の心というのは、そんな風に計算どおりいくわけないんです。

私はこう見えても、なんて謙遜する必要もないんでしょうが、男の人に声かけられます。ちゃんとした大手の出版社に勤める人から、

「真面目につき合ってくれ」

と言われたこともありますし、親戚を通じての縁談もありました。恋人としてつき合った人もいます。だけどやっぱり彼のところに戻ってしまうんですよ。そして、

「やっぱりあの人を愛している」

っていう自分に酔う。そしてね、夜中の歩道橋の上で、別れたくない、とか泣いて抱きついたりして。不倫する醍醐味っていうのは、ふつうの恋愛よりもずっとドラマがあるっていうことでしょうか……。

まあ、そんなわけで別れどきがわからなくなったんですよ。

「期間限定」って言って、期間は自分で決められるって思ってたなんて本当に馬鹿

ですよね。そして三十半ばも過ぎて、たいていの女は焦るわけですよ。このまま不倫していて、婚期逃して、子どもも産まない人生っていいんだろうかって……。それで相手にそういうことを相談すると、

「それは僕には何も言えない。正解はお互いわかってる。でもそれは僕の口からあまりにもつらくて言えない」

って、まあ相手も口がうまいから、こんな風に関係が続いたんですね。

すみませんねえ……よくある話ですよね。どうして会ったばかりの人に、こんなにぺらぺら喋るんですかね。やっぱり旅先っていうのは、ふつうじゃなくなるんですよね。それにハルコさんが、こっちが喋りたくなるようなことを言うし……。

で、本題に入りますね。不倫の相談なんて本当に結論出てますよね。

「別れたかったら別れればいいし、別れたくなかったら別れなければいい」

もともといけないことをしてるんですからね。でも二年前にあることがあったんです。

癌を患っていた父親が他界しました。その遺産が入ってきたんです。私の父はもともと資産家の息子で、世田谷の深沢に三百坪近いうちがありました。その他にも株があったんじゃないでしょうか。

二度めの奥さんがあらかたとって、私と弟とで分けても一人二千万という現金と、

株をいくらかもらいました。ああマンションを買うには足りませんが、頭金にはなりますよね。私はフリーランスなのでローンを組んでもらえませんから、不動産ということをはなから諦めていました。

そんな話を彼にしたところ、

「三百万ほど貸してもらえないだろうか」

というのです。彼はちゃんとした会社で部長までしています。確かマンションは持ち家ですし、ひとり娘さんは大学も出ているはずです。いったい何のために使うのか、と聞いても教えてくれないんです。とてもみっともないことなので言いたくない、と言うんです。そして半年以内に必ず返すということなので、借用証をもらうこともなく、現金で渡しました。口座に振り込むと、奥さんに気づかれるというのです。

あれから一年たちましたが、お金は戻ってきません。そして会う回数も減っていきました。私は騙されたんだろうか。「金の切れ目が縁の切れ目」ということなんだろうか、と思ったりしますが、私たちは十年近い仲なんですよ。いったいどういうことなんでしょうか。

この旅行もタイアップが駄目になり、自分で記事を書いてもどうなるかわかりません。中止してもよかったのにパリに来てしまったのは、なんだかお金のことですっかり嫌なめにあってしまったからなんです。父の遺産の二千万がなければ、お金も貸さなかったしこんな風に彼が信じられなくなることもない。いっそのことパーッと遣ってしまおうかと、分不相応のホテルに泊まってしまったんです。

「ふうーん」

ハルコはニットの胸に落ちた、クロワッサンのパン屑をはらいながら言った。

「その男のことはどうでもいいけど、三百万は惜しいね」

「あら、反対のことを言うかと思ってました」

「えっ、どんな風に」

「そんな男ときっぱりと別れな、三百万はないことと思って諦めなさいって」

「そんなこと言うわけないでしょ。三百万稼ぐのがどのくらい大変だと思ってるのよ。私なんか会社つくった頃、明日までの八十万がなくて、泣きながら元の亭主に電話したことあるもの」

「へえー、そんなことがあったんですか」

「そうよ、私は二度とも嫌な別れ方をしなかったからそういうことが出来るのよ」

ハルコは得意そうにやや胸をそらした。それで白いニットの上に、パン屑がまだ残っているのがわかった。

「菊池さんの彼っていうのは、株をやる人なの」

「いいえ……。やってません。仕事が忙しくて、それどころじゃないってよく言ってました」

「それじゃ、女ね」

ハルコはきっぱりと言った。

「女に使ったんだと思うわ」

「まさか」

「どうしてまさかなのよ」

「あの人、私ひとりであっぷあっぷしてるはずですよ。もう一人女の人がいるような時間的精神的余裕はないはずですよ」

「何言ってるのよ。一度女房と別れて他の女と結婚する男は、二度も三度も今の女房と別れることが出来る。それから一人、愛人がいる男は、二人、三人とつくることが出来る」

「そんなの聞いたことありませんよ」

「いいえ、これは真実よ。有名な小説家がいたのよ、美男で才能があって女の人にモテモテ……」

「吉行淳之介ですか」

「あら、わかってるじゃない。この頃の人は本読まないから知らないと思ってた」

「私、わりと本は好きですから」

「あ、そう、それじゃ話が早いわ。吉行淳之介には宮城まり子っていう長年の愛人がいたのよ。奥さんとこ飛び出してもうずうっと一緒に暮らしていたから、こっちが本当の夫婦みたいなもんね」

「宮城まり子って、『ねむの木学園』やってる人ですよね」

「そう、そう、あれはなかなか出来ることじゃないわね。まあ、奥さんと宮城まり子との長い間の三角関係は、いろいろ修羅場もあったと思うのよ。だけど吉行淳之介は、宮城まり子に最期看取られて亡くなった。これでまあけりがついたと思ったらね、亡くなってからもう一人の愛人が出てきた。彼女の本によると、宮城まり子の目を盗んで見舞いに行くのが大変だったって。いつのまにか愛人が奥さんになっていたのね」

「いったい何を言いたいんですか」

「だからね、愛人をつくって十年も続けられるほど甲斐性のある男はね、他に愛人がもう一人いるっていうことよ」

「何の証拠があってそんなことを言うんですか」

「その三百万円が証拠じゃないの」

「やめてくださいよ。きっと何か深い理由があるんですよ」

いづみは思わずきっとしてハルコを睨んだ。ハルコはそれを無視してギャルソンを呼びつける。

「ねえ、このカップにもう一杯注いでくれない。ふつうのコーヒーでいいから。えっ、ノンだって。あ、そう、わかりましたよ。ケチ、グッバイ！　ねえ、一杯のコーヒー、もう一杯飲もうとしてもうまくいかないのよ。それなのに三百万円、みすみす自分のものにしようとするのは、ちょっと企業経営者として許せないわね。えーと、菊池さん、あなた、いつ日本に帰るんだっけ」

「あさってですけど」

「そうしたら、まずやることがあるわよ。まず男のところに請求書を送りなさい」

「請求書ですか」

「それもきちんとした書式にのっとったやつ、何の感情も入らないやつ。それをとにかく送りつける。そして相手の様子を見るのよ」

「怒ったらどうするんですか」

「あっちに後ろめたいことがあるからに決まっているじゃないの」

「たぶんもう少し待ってくれ、って言うと思いますが」

「たぶんね。だったら期限をつくる。そうね、今月中にしなさい。払えないって言ったら、マチ金から借りても返せ、って言うのよ」

「私に出来るかしら……」

「何言ってんのよ。荒療法だけどこうするしかないのよ。男の本性がよく見えるチャンスなんだから」

「わかりました……」

「寒くなってきたからそろそろ帰ろうかしらね。えーと、私がカフェ・オレとクロワッサンを食べたから計算すると、十二ユーロにチップが……えーと……」

「もう、いいですよ」

つい言ってしまった。

「カフェぐらい私が払っときますよ。相談にのっていただいたことだし」

「あら、悪いわね」

ハルコは本当に嬉しそうに顔をほころばせた。


八日後、ハルコの携帯が鳴った。

「菊池いづみです。今、いいですか」

「いいわよ。ちょうど空港に向けて走ってるところよ」

「あの、あれ言われたとおりにやってみました」

「それでどうだったの」

「ハルコさんの言ったとおり、もう少し待ってくれと泣きついてきたので、マチ金から借りて返してくれと言いました」

「あら、ちゃんと言えたのね」

「それから期日までに払ってくれない時は、家庭か会社に話すって言ったんです。そうしたら思わぬ展開になりました」

「どうなったの」

「奥さんが返しにきてくれたんです」

「へえー……」

「あの人、にっちもさっちもいかなくなって、奥さんに泣きついたらしいんです。やっぱり私の他にもう一人いました。六本木のクラブに勤めてる性質《たち》の悪い女で、うしろに男の人がいたみたい。あれこれネタにしてせびっていたようですね。あの人、もう限界だったみたいで、奥さんに打ち明けたんですよ」

「まあ、お金は返ってきたんだからよかったじゃないの。借用証がないからって、ゴネることも出来たけど、そこまで悪くはなかったのね」

「おまけに別の封筒に二十万入ってましたよ。利子だそうです」

「もちろんもらったでしょうね」

「ええ、ハルコさんだったらもらったと思うとね、ちゃんと受け取りました。それに奥さんが、私にいっさい余計なことを口にしないで、単に借金をした人ってふうに接してきたから、利子をもらわないわけにいかなかったんですよ」

「なかなかよく出来た奥さんじゃないの」

「でもすごいショックでした」

「何が」

「ふつうのさえないおばさんで、どっちかというとブスでしたよ。本当にびっくりするくらいダサいおばさん……」

「あのね、不倫を思いきるいちばんいい方法はね」

ハルコはおごそかに言った。

「相手の奥さんを見ることよね。たいてい自分より落ちる女だから、がっかりしちゃうのよ。馬鹿な女になるとね、わざわざ自宅に行って奥さんを見るけど、あれは絶対にしちゃダメよ。行ったこと自体でみじめになってるし、どんなうちでも行ってみれば、やたら幸せそうに見える。そこで〝勝負あり〟になっちゃうのよね」

「なるほど、そうかもしれません」

「今度の場合は、奥さんが向こうからやってきた。しかも下手に出てる。お金っていうのはこういう時に利用したいもんね。夫が借金してなかったら、奥さんはあなたを上から見て嫌味をさんざん口にしたはずよ」

「そうかもしれません」

「まあ、これでやっとあの男と別れられるわね」

「まあ、そんなにスッパリとはいかないかもしれませんが……」

「そりゃーそうよ。私だって前のダンナときっぱり別れるのに三年かかったもの」

「ハルコさんでもそうなんですか」

「そうなのよ。私がね、前のダンナの苗字を使おうとしたから、ちょっともめたのね。新しい女房がすごい反対したのよ。苗字なんかどうだっていいのにねえ。別れた奥さんと自分とが同じ苗字になるのが耐えられないって」

「それ、ふつうの感情ですよ」

「そういうの、いじましいじゃないの。たかが苗字のことで、別れた前の女房に文句を言うなんてさ」

「私、今、思いました。ハルコさんはふつうのおばさんじゃない。おばさんの着ぐるみを着たおじさんなんですよね。それもすごく変わったおじさん……」

「ちょっとオ、最後の言葉、よく聞こえないけど、ちょっと待って……。ムッシュー、ちょっと、ラジオ消しなさいよ。それからもうちょっとスピードアップよ。アップ。飛行機に乗り遅れたら、賠償金もらうわよ。わかった？　さあ、ハリーアップよ」
いづみの耳に、日本語でまくしたてるハルコの声がした。

早くもハルコが語る

やっぱり赤福を買っていこうかな、と菊池いづみは思った。餅を餡でくるんだ赤福は、時々無性に食べたい時がある。今がそうだ。いづみはホームのキヨスクに向かった。午後三時の新幹線のホームは、まだそれほど人はいない。キヨスクの前には、女が一人立っていた。グレイの短かめのコートにハイヒールを履いているが、全体的には丸っこい感じで中年女だとわかった。

最初は女が雑誌を選んでいるのかと思った。しかしそうではない。女は熱心にページに見入っているではないか。

「ウソーッ」

いづみは心の中で叫んだ。キヨスクで立ち読みする人間など初めて見たからである。

「こんなこと許されるワケ？」

もちろん許されるわけはなかった。キヨスクの女性店員も最初はよくわからずぽかんと見つめていたのであるが、ことの次第に気づいたらしく大きな声を出した。

「お客さん、やめてくださいよッ」

「あら、そうなの」

女はふんと言った感じで週刊誌を元の場所に戻した。その横顔を見ていづみは叫んだ。

「ハルコさん、中島ハルコさんじゃないですか」

「あら、あなたは……」

「菊池いづみですよ、パリでご一緒した」

「そうだったわね、その後うまく不倫の相手と別れられたのかしら」

「ハルコさん、そんなことを人前で大きな声で言わないでくださいよ」

「あら、そう」

ハルコは答えたが、まるで悪く思っていないことはその表情からわかった。今立ち読みと全く同じようにだ。驚きのあまり赤福のことを忘れそうになってしまったが、いづみはあわてて財布から千円札を出し、小さい箱を選んだ。

「私はね『女性自身』にどうしても読みたい記事があったのよ。だけど女性週刊誌を買うなんてみっともなくて、私のプライドが許さないでしょ」

とハルコは言う。キヨスクで立ち読みするのと、女性週刊誌を買うのとでは、どちらがみっともないかは考えなくてもわかると思うのだが……。

「いづみさんはお仕事の帰りなの？」

「そうなんです。名古屋に最近とてもいいイタリアンが何軒か出来たんで、その取材の帰りです」

「まあ、いい仕事よね、おいしいものを食べてお金が貰えるなんて」

「そんなことないですよ、今日の取材費も交通費も自分持ちですから」

「まあ、そんな……」

ハルコは目を大きく見開いた。細く巧みに黒いアイラインがひかれている。

「どうして自分のお金でご飯食べるの。そんなの信じられないわよ」

「ハルコさんは、自分のお金で食べないんですか」

「あたり前じゃないの」

誇らし気に胸をそらした。

「どうして私が自分のお金でご飯を食べなきゃいけないのよ。私とお食事したい人たちがずっと順番待ってるのよ、みんな私とご飯食べたくてたまらないのよ。だから私は、自分で払ったことなんか一度もないの。一度もね」

「へえー、そうなんですか」

「そうよ、あたり前でしょ。自分で払ったりワリカンにする人っていうのは、よほど魅力がない人たちよ」

何か釈然としないがそういうことにしておこう。パリでもわかったことであるが、中島ハルコには鉄壁の人生観があり、それを他人が崩すことは不可能に近いのだ。

「ハルコさんは名古屋にお仕事なんですか」

「いいえ、お茶会よ」

「ああ、ティーパーティー」

「まさか。これに決まってるでしょ」

ハルコは実に優雅な手つきで茶碗を持つ動作をした。

「えー、あの茶道ってやつですか」

思わず声が出たとたん、ホームに〝のぞみ〟が滑り込んできた。

「じゃ、またね」

ハルコは軽く片手をあげる。

「どうせあなたは普通車でしょうから」

「あの、ハルコさん」

気づいた時には一緒に八号車の入り口に立っていた。

「隣りに座ってもいいですか。私もグリーン車にします。東京までいろいろお話ししたいこともあるし」

「いいけど、浜松までにしてね。私、いろいろ読みたい資料もあるし」

ドアが開くとハルコはまず慣れた手つきで棚の上のブランケットをとる。その真下の1のAB席に人が座っていても「失礼」のひと言もない。そして席に座ると素早く膝にかけた。

「あなたもとってきなさいよ」

「いいえ、別に今日はあったかいからいりません」

「グリーン車に乗り慣れない人ってここでわかるわよね。グリーン車にこのブランケットの料金だって入ってるんだから、私はいつも必ず使うわね」

「あの、ハルコさんって大阪の出身なんですか」

「何でそう思うの」

「いいえ、何となく……」

「私がケチだって言いたいのね、言っとくけど私は決してケチじゃないわよ。無駄なお金を遣わないだけ」

「そうなんですか……」

「私はね、名古屋の出身よ。ここでまだ母親と兄が暮らしてるのよ」

――中島ハルコの話。

大阪もそういうところがあるかもしれないけどね、名古屋の人間はふだんはつつましいの。確かにケチよ。だけどね、冠婚葬祭の時にはそりゃあ、パーッと遣うわ。ほら、名古屋の嫁入り仕度っていうのは有名でしょう。花嫁道具を見せるために、ガラスでつくったトラックの荷台があるくらいなんだから。今はかなり簡単になったらしいけど、私の時代は、そりゃあ派手だったわよ。「娘が三人いれば身上潰れる」って言われてたんだから。

私がお嫁に行く時もね、箪笥や電化製品、布団、和服をずらりと座敷に並べて近所の人に見せたもんだわ。こういうのを名古屋じゃ〝衿揃え〟って言ってね、見に来てくれた人に二階からお菓子を投げるの。私の時もやったわよ。

まあ、お嬢さまっていうことよね。私の父は寒天や蜜をお菓子屋に卸す会社を経営していたの。社員は多い時で三十人はいたわ。私は名古屋のお嬢さまたちが行く金城学院に中学校から通っていた。中学・高校・短大って純金コースを進んだのよ。〝純金〟っていうのはね、下からずっと金城で学んだ本物のお嬢さまっていうことよ。今は短大ないらしいけど。えっ、なんかおかしい言い方だって。

名古屋のお嬢さまはね、ほとんど外に出ないわ。地元が大好きだし、東京の大学に行ったら何があるか心配だっていうんで、父親が許さないの。名古屋のお嬢さまはね、親元から通って地元で就職して、お稽古ごととおしゃれに精を出して、お医者さんかトヨタのエリートと結婚する。そして奥さんになってからは、金城の同級生たちと、お料理教室やフラワーアレンジメントを習うというのが正道ね。

私もそういう道を歩くはずだったんだけれど、短大を卒業する直前に父親が亡くなったの。胃に癌が見つかってスキルス性のやつで早かったわ。父親が亡くなるとみじめなものよね。兄は大学を出たばかりで何も出来やしない。母親はね、パニックになって泣くばかりよ。結局会社は整理して、同業者に譲ったわ。その時私は思ったのよ、女も手に職を持たなきゃいけないって。名古屋のお嬢さまがたいしたもんよね。そして考えたのが美容師っていうわけ。私は前から人の髪をいじるのが好きだったし、手に職を持ってればこんなに強いもんはないものね。

母親は反対したわよ。あの頃は今ほど美容師の地位は高くないもの、お嬢さまがやる仕事じゃないってことよね。だけど私は頑張って美容学校に通った。今で言うヤンキーみたいなコと一緒になって、シャンプーのやり方から学んだわけ。

そしてね、学校を卒業してすぐ栄の美容室に入ったわ。するとね、何ていおうか、いろんなものが見えてむずむずしちゃうのよ。この店、もっと儲かるんじゃないか、私が経営者だったらもっとうまくやれるはずなのにってね……。

まずは待つソファをもっと居心地のいいものに替えて、不潔ったらしい熱帯魚の水槽は捨てる。手が空いている中堅美容師に、もっとシャンプー&ブロウをさせる。これは単価は安いけど、確実に顧客獲得につながるんだもの。それからカラーリングの客は、お金を遣ってくれるんだから、絶対につなぎとめておかなきゃダメ。だからカラーリングだけのクーポン券を出して、十回に一度は無料にする。使ったシャンプーとトリートメントはなにげなく鏡の前に並べる。するとね、話題にして買ってくれるお客が出てくるはずなのよ。

こういうことをオーナーに話したんだけどね、煙《けむ》ったがられるだけで、私はがっかりしたし、口惜しかったわ。

「もっとこうしない」

なんて店の仲間に提案しても、誰ものってきやしない。はっきり言うけどね、誰も私のレベルじゃないってすぐに気づいたのよ。あのコたちの考えてることといったら、月曜日の仕事終えてから行くディスコのことだけだって。みんな仕事はそれなりに一生懸命やるけど、もっと効率よくしようとか、もっとお客を喜ばせるにはどうしたらいいかっていう前向きなことには頭がいかないのね。

この時私は、まだ〝私〟じゃなかったから、珍しく失望っていうことをしちゃったわ。失望はいいことがない。ちょっと自暴自棄になって判断を誤るのよね。

この時何をしたかっていうと、私は見合いで結婚してしまうのよ。二十六歳っていう年齢もあって母親が焦ってしまった。ええ、あの頃、名古屋では結構な年頃だったのよ。それに見栄っぱりな母親だったからね、このあいだまで社長令嬢だった私が、美容師になったことが気にくわなかったんじゃないかしら。元の世界に戻そうとしたのよ、きっと。

相手は印刷会社の三代目だった。名古屋には多いんだけど堅実な同族会社よ。そこはね、名古屋で一、二を争ういろうのパッケージを手がけてたから、ずっと食いっぱぐれはないっていうのが仲人の言葉よ。

相手は南山大学出て、ひょろっとしてて、典型的なぼんぼん。私は別に気に入りもしない。親の顔を立てて見合いをしたから、まあ、いいでしょ、ってもんよ。ところがね、相手は私に夢中になった。

今の私は年齢よりもずっと若く見えて、美人の部類に入ると思うわよ。だけど昔はもっとすごかったのよ。短大時代に中京テレビの人から、新番組のアシスタントしないかと誘われたり、ミスコン出ないかって言われたもの。

今は美人の社長も結構出てきたけど、昔はね、私レベルはちょっといなかったわ。そりゃモテたし、おじさんたちのアイドルになったけど、あることないことといろいろ言われたもんだわ。

「カラダを使って……」

なんて言われた時はカッとなったけど、すぐに思い直したわよ。

「使えるほどすごいカラダを持ってたらえらいじゃないの。ワルクチ言ってるおばさんたちにそんなこと出来るわけないし」

ってね……まあ、話がだいぶそれてしまったわね。とにかく相手の男が私に夢中になったのよ。いったん断わったら、勤めてた店の前で待ち伏せしたりしていたのよ。揚句の果ては、

「ハルコさんと結婚しなきゃ死ぬ」

まで言われてね、これなら仕方ないかと思ったのが運のつきよね。

披露宴はナゴヤキャッスルで三百人招《よ》んでやったわ。こんなの名古屋じゃふつうよ、トラックを飾り立てて花嫁道具をいっぱい積む、っていうのもやったわね。いづみさんは知らないだろうけど、この時トラックは絶対にバックしないのよ。まわりの車に、金一封千円入れた封筒を入れて頼むの。道を譲ってくれって。向こうも花嫁のトラックだとわかってるから快く道を空けてくれるわよ。

「めでたいことだから、仕方にゃー」

ってもんよ。

だけどバックしないで花嫁道具を届けても、やっぱり戻る時は戻ってしまう。夫

は悪い人じゃなかったけどね、女が働くなんてとんでもないっていう考え方の持ち主よ。美容院はすぐにやめさせられた。これは私も望んでたことだからいいんだけどね、ずうっとふつうの奥さんをやってるのがつらくなってきた。

喧嘩すると夫はよく私に泣きながら言ったわ。

「いったい何が不満なんだ」

って。そう言われても困るわよね。あなたと一緒にこんな毎日をおくってることがまず不満だなんて、さすがの私もなかなか言えるもんじゃないもの。最初のうち、若社長夫人になった私は、お決まりどおりゴルフとエステに精を出したわよ、ゴルフは短大時代からしてたけど、そううまくはならない。だけどエステには夢中になった。いいえ、自分が経営する方によ。たいしたことしないエステサロンに、二万も三万も使うのはもったいない。私だったらもっと安くていい施術が出来ると思ったのよね。東京に研修に行って腕を磨いて、栄に小さなサロンを開いた。お金は夫に出してもらったわよ。条件つきでね、三年やって駄目だったら、人に任せるか譲るかして、子どもをつくる。そしておとなしくうちに入るっていう条件よ。まあ、こんなこと考えついた若い私ってせこかったわよね、おかげで子どもは出来なかったけど。まあそれも仕方ないわよね。結局私は、結婚も子どもも望まなかったんだから手に入らなかったってことよね。

一度めの結婚をしている間、私は仕事をしたくてたまらなかったわよ。ＩＴがあたり前のことになるずっと前のことだけど、私はもう印刷だけじゃジリ貧になるのがわかってたわね。だから私は夫に言ってやった。

「ちょっとパソコンについて勉強してみたらどう。ぜったいどこかに印刷屋が入ってく要素があるから」

うちの夫はアホだったけど、それを聞いてた専務がいたのよ。そして、どう、今、元夫の会社はＩＣチップ入りのタグつくって大成長よ。今じゃ名古屋商工会議所の重鎮だっていうから驚くわよね。まあ、それも私が教えてやったおかげなのよ。

「すごいですね……」

いづみはわりと機械的な感嘆の声を漏らす。中島ハルコと話していると、十分間に一度はこの合いの手を入れなくてはならない。

「まっ、それだけでもあの男は私と結婚して本当によかったのよ。私は恩人っていってもいいのよね」

ハルコは缶ビールをぐっと飲み干す。不思議なことに、こういうことをしても決して粗野な感じにはならない。お嬢さま育ちというのは本当かもしれなかった。

「あの、さっきハルコさん、結婚と子どもは望まなかったっておっしゃいましたね」

「ええ、言ったわよ」

「それなのにどうして二回めをしたんですか」

「ああ、それ」

ことなげに答える。

「まだそのことに気づいてなかったのよね、私の人生に結婚なんか不要だってことに」

「二回めの相手はどういう人だったんですか」

「離婚した後、シャンプーやパーマ液を売る会社の男と結婚したのよ」

「その人、社長ですか」

「そうよ」

「ハルコさんの相手って、いつも社長ですね。いつも玉の輿コース」

「冗談じゃないわよオ」

ハルコは大きな声をあげる。本当に不満そうに鼻の穴をふくらませた。

「あんなレベルの男たち、どこが玉の輿なのよ。私なんかね、二年前に大物財界人の後添えにどうかって、人を介してしつこく申し込まれたのよ。なんでも二回ご飯を食べただけの私にひと目惚れしたみたいね。ひと目惚れ……。そう、私っていつもこのパターンなのよ。その人の名前は大物過ぎて、ここでは言えないけど、経団連のトップ候補までいって、ニュースにもよく出てた人よ」

「えー、すごいじゃないですか」

「でしょう」

ハルコは深く頷く。自分の言葉にいちばん感心しているのは彼女自身のようだ。

「そんなすごい話なのにどうして結婚しなかったんですか」

「あなたね、八十過ぎの爺さんといくら何でも結婚出来ないでしょ」

あやうくいづみは吹き出すところであった。

「それで二度めのご主人とはうまくいったんですね」

「まあまあね、二人でエステを経営しようってことになって私も頑張ったわよ。私のことだから、店はいいお客もついて、たちまち三号店まで出来たわ」

「すごいですね」

「でしょう」

どうやらこれがハルコの口癖だということがわかった。この言葉を発する時、彼女の口角はピンとはね上がるのである。

「それなのに、どうして離婚したんですか」

意外なことに一瞬、ハルコは返事に詰まった。

「なにか、私、悪いことを聞きましたか」

「いいわよ、別に。女が出来たのよ」

「ちょっと意外でした」

「でしょう……」

今度のその言葉は、今までのものとはニュアンスが違っていた。

「サロンで雇ってた若い女よ。ただ若いってだけで、私となんか比べものにならないつまんない女」

「頭にきますよね」

「くるわよ」

そしてハルコのお喋りはここでいったん終わった。ビールに酔ったのか、ハルコはうとうとし始めたからである。今回はグレイのスーツに、胸にタックのある白いブラウスを組み合わせている。胸の真珠のブローチがおばさんっぽいと言えなくもないが、なかなかセンスのいい服装だ。靴もバッグも金がかかったもので、こうしてすやすやとグリーン車で眠っているところは、用事帰りのいいところの奥さんにしか見えない。現に茶会の帰りだという。そんなハルコとキヨスクで堂々と立ち読みしている女とがどうしてもうまく結びつかない。

「えーと、今、どこ？」

やがてハルコは目を開けた。マスカラが少し取れかかって目の下がうっすらと隈のようになっている。

「えーと、さっき熱海過ぎたとこです」

「やだわー、私、資料読もうと思ってたのに」

ハルコはせかせかとパソコンを出しかけ、やっぱりいいわと大ぶりのクロコのバッグにしまった。

「すいません。私がいろいろ話しかけたもので」

「本当よね、あなた、わりと私に質問をするわよね。ま、私は正直な女だから何でも答えちゃうけど」

「でも私、ハルコさんのこと少しわかったような気がします。ハルコさんって、昔から少しもブレてないんですよね。尊敬しちゃいますよ」

おわびの気持ちを込めて、いづみはかなりお世辞めいたことを口にする。ハルコの機嫌がみるみるうちによくなっていくのも面白かった。

「ハルコさんの生き方って、筋が通っているんですよね。それに先見の明っていうのもすごい。二人のダンナさんたちを次々と成功させてあげたわけですものね」

「そうなのよ」

ハルコは再び頷く。

「ほら、このあいだパリで会った時、ハルコさん、私のこと知らないのってちょっとご立腹だったでしょう。だから私、日本に帰ってからインターネットで調べてみたら、すごくいろいろマスコミに出てるんですね。このあいだも『日経ウーマン』にインタビューされてたし」

「ああ、あれね」

「女も働くってことに甘ったれてる限り、ガラスの天井なんか壊せるわけがないって、あの言葉、びっくりしますよ。よくあんなにはっきり言えますよね」

「いいのよ。今の世の中、はっきり言ってくれる人をみんな求めてるのよ。私に言わせるとやっと時代が私に追いついてきたっていう感じね。だからこんなに私がブレイクしてるんじゃないの」

「はあ……」

いづみは押し黙る。ここまで相手が強気だと、もはやお世辞を言う気力を失くしてしまう。

小田原を過ぎ、もう少しで新横浜だと車内アナウンスがあった。いづみはふと残された時間に、もう一度ハルコに聞きたいと思った。

「ハルコさんって、働くの本当に好きなんですね」

「もちろんよ。私ね、一回めの離婚の時、こう目の前が晴れ晴れとして、青空がぱーっと拡がってきたような気がしたの。これで私は働けるって。大好きな仕事をのびのび出来るって」

「ふうーん、いい話ですね。私はちょっと駄目かな」

「あら、どうしたの」

「パリでもお話ししたかもしれないけど、私の仕事って年ごとに大変になっているんですよ。フードライターなんて、雑誌の世界でまっ先に切られていく仕事なんです。この頃取材費も出してもらえないし、原稿料だけではとてもやってはいけません。もっとコネと実力あるんだったら、どこかの企業のプロデューサーやったりするんですけど、私はコネないし。私ね、文章力と自分の舌《ベロ》には自信があるんですけどね。でもそれって何になるんだろうかって。この頃、編集部は人の話聞いて見てきたように書いてくる若いライターを使ったりするんです。ああいうのを見ていると、私なんかこの仕事にしがみついても仕方ないんじゃないかって……」

「はい、はい。よくある悩みですね」

ハルコはいかにもめんどうくさそうに言った。

「それじゃ、あなた何をしたいの。仕事やめて結婚したいの。あの不倫の男とは別れたんでしょ」

「ええ、まあ……」

「だったら仕事、頑張るしかないじゃないの」

「でもこの仕事、頑張ったからってうまくいくもんでもないんですよね」

「じゃ、他に何か手に職あるの？」

「少し英語が出来ますけど……」

「TOEICでどのくらい」

「えーと、六百五十点……」

「それじゃ、喋れるなんてとても言えないわよ」

ハルコはなぜか勝ち誇ったように言った。

「あなたって、なんだかやることが中途半端よね」

「そうでしょうか」

いづみはむっとした。本当にはっきり言う女だ。

「だってそうでしょ。不倫しても相手の奥さんから奪い取る根性と力はない。フードライターやってるけどなんか面白くはない。結婚はしたいけど相手はいない」

「私、いない、なんてひと言も言ってませんよ」

「じゃ、いるの」

「いませんけど……」

「そうでしょう。中途半端な女には男は寄ってこないもの。私がね、どうして昔から男の人が寄ってくるか、どうして皆、私と結婚したがるかって言うとね、私はいつも仕事に夢中だったからよ。男っていうのはね、自分の好きな女と仕事とが三角関係になるとものすごく燃えるものなのよ。どうしても仕事っていうもう一人の男から、女を奪いたくなるものなのよ」

「そんな話、初めて聞きましたよ」

「そうよ。私が今、思いついたんだから。仕事面白くない。どっかにいい男いないかしらって言ってる女が最低なのよ。見るからにさもしい顔しているもの」

「私、そんな顔してませんよ」

「今になるわよ。そのうちに私にこう言ってくるの。『どこかにいい人いませんか』ってね。私はね、そういうこと言う女はけっとばしたくなってくるわね。どうして忙しい私が、あなたのために男を探してあげなきゃいけないのって」

「そういうの、社交辞令じゃありませんか。女が同性の力ある人に向かって言う」

「そういうのがダメなのよ。いづみさん、これから半年、仕事を一心不乱にやるのよ。今までやらなかったことをやる。出来ないと思っていたことをやる。そしてね、仕事に夢中になる。そうすればきっと男は現れるわよ」

「ハルコさん、私は恋人が欲しいなんて言ってませんよ」

「何言ってんの。長い不倫が終わったばかりの女が恋人欲しくないわけないでしょ。

私はね、人生が変わる、っていう意味で言ってるのよ」

「わかりました。なんか大ごとになってきましたね」

「あたり前でしょ。あなたさ、私に二度も出会って相談してる。これってすごいことなのよ。なぜって私の話を聞きたがって、みんな私とご飯を食べたがってるの」

「はい、わかってます」

「それにね、私はものすごく親切な女なのよ。あなた、本の一冊ぐらいは出してるんでしょう」

「はい、昨年『この店行かなきゃ損をする』っていう本出しました。あんまり売れなかったけど」

「その本、今度私に送って頂戴。七冊ぐらいね。私が知ってる会社に話をつけて、どこかでプロデュース出来るように紹介してあげるわ」

「本当ですか」

「確約は出来ないわよ。あくまでも紹介よ。でもね、こういう風に出会ったのも何かの縁。私みたいな人と縁が出来るっていうのはあなたの運よね」

「ありがとうございます。そういえば『日経ウーマン』で言ってましたね。私は運の強い人たちとしかつき合わないって」

「ちょっとオ。それは意味が違うわよ。その言葉、あなたには使えないわね」

アナウンスがもうじき品川と告げた。

「ま、いいわよ、とにかく本を送ってね。私は品川で降りるわよ」

「ハルコさん」

いづみはまっすぐにハルコの顔を見た。

「私、ハルコさんに会えてよかった。何だか元気出ました」

「でしょう」

ハルコは、にこりともせずに言った。

「みんなそう言うのよね」

ハルコ、夢について語る

「いづみさーん、こっちよ、こっち」

そんなに大きな声を出さなくてもわかる。帝国ホテル一階のランデブーラウンジは、その古風な名前どおり待ち合わせ場所として使われているが、立ち上がって手を振る者など見たことはない。

今日の中島ハルコは、茶色のツイードのスーツを着て、パールのネックレスをしている。真中にはダイヤが入っていていかにも高そうだ。言動に注意さえすれば、どう見ても上品で金持ちの奥さんに見えるのにと菊池いづみは思った。

「紹介するわ。こちらがお話しした紫風堂の三島《みしま》さんよ」

「はじめまして。私、菊池いづみと申します……」

名刺を交換する。三島の名刺には写真が入っていて、それは皿に盛られた白いういろうである。

「創業大正元年。ういろうと共に百年。紫風堂」というキャッチフレーズと共に「代表取締役社長　三島昭宏《あきひろ》」とあった。四十半ばぐらいだろうか。いかにもお菓子屋の社長らしくよく太っていて、髪を短かくしているのでますます丸顔に見える。眼鏡の奥の目も丸く柔和で、いかにも人がよさそうだ。

「あっちゃんはね、紫風堂の四代目なのよ。私はあっちゃんのこと、大学生の頃から知ってんだけどね」

「へえー、ご親戚か何かですか」

「やーねー、何言ってんのよ」

ハルコはいかにも楽しそうに笑った。

「前に話したじゃないの。私の最初の結婚相手は印刷会社の社長だったって。紫風堂さんはその頃の大お得意さんだったわけよ。それであっちゃんの若い頃から知ってるのよ。ねえ、そうでしょ」

いささか押しつけがましく親しさを強調されたが、三島は嬉しそうにええと答える。

「よく憶えてますよ。うちの年に一度の運動会、ハルコさんは必ず来てくれましたよね。紫風堂運動会名物、パン食い競走じゃなくてういろう食い競走に、ハルコさん張り切っていつも一番でしたねぇ。白いスラックスで走る姿がカッコよくて、私ら若い男の社員は全員、大声援を送ったもんですよねぇ」

懐かしそうに語り出す。

「だからハルコさんが離婚した時は、びっくりでしたよ。あんな綺麗で素敵な奥さんと、どうして別れるのかって」

「でしょう。まあ、私もあの時はちょっと悩んでたのよ。このまま社長夫人で生きるか、ちゃんと仕事するかでね」

「でも太田《おおた》社長とは、今も会ってるってさっき聞いて、私はちょっとびっくりしましたよ」

太田社長というのは、どうやらハルコの最初の結婚相手で、名古屋の印刷会社の社長らしいといづみは見当をつける。

「会うっていったって、年に一度ぐらいよ。そりゃね、いくら年月たったたって、あっちは私のこと忘れられないでしょうけどね。そもそもあのちっぽけな印刷会社をあれだけの会社にしてやったのは私なんだし」

「本当に太田社長のとこ、大変な発展ですね。このあいだも岡崎に新しい工場建てられて」

「まあ、それもあって太田は、私にアドバイスして欲しい、とか言っていろいろ相談してくるんだけど、そんなことより、私にまだ未練たっぷりなのよ」

こういうことをハルコは平然と言ってのけるのだ。

「このあいだも、しつこく私のこと忘れられない、なんて言うからね、あんたにはあの女房がお似合いよ、ってつっぱねてやったのよ」

「おお、こわ」

「そりゃ、そうでしょ。あの女房って本当に嫉妬深くていやになっちゃうのよ。私がね、電話すると、そりゃあ不機嫌になるのよね。私が元気でやってるの？って聞いても、ええ、まあ……ときちゃうのよ。あの愛想も礼儀もない態度は、全く呆れちゃうわよね」

いづみはその太田という男の妻に心から同情した。夫の前の妻、しかもとびきり図々しくて無神経な女が電話をかけてきたら、たまったものではないだろう。

「それでも太田は、まだおたくの仕事をさせてもらってるんでしょう」

「ええ、ICチップで大成功しても、まだうちみたいな小さいところの包装紙やパッケージを、ちゃんと丁寧につくってくれます」

「そうよ、私が言ってやったのよ。いくら会社が大きくなっても、紫風堂さんのような昔のお得意を忘れちゃいけないって」

「本当に有難いことです」

二人の会話を聞くうち、いづみはいらいらしてきた。あたかも前夫の会社を操っているように話すハルコの言葉を、三島が少しも疑うことなく、しかも下手に出ているからである。ハルコから最初に電話をもらってから、紫風堂について調べたところ、ういろうの老舗として名古屋でもベスト3に入る。そこの社長が、どうしてここまで卑屈になるのだろうか。

「だけどね、あっちゃん。私がいつも言ってるでしょ、ういろう売ってても明日はないって」

「それはよくわかってます」

「おたくが四年前に売り出したチューインガムういろう。アイデアはよかったけど売り上げはイマイチじゃない。だいたいういろう食べる人はね、贈答用に使うかじいさん、ばあさんなのよね。だからチューインガムの形にしたって、そう喜びやしないわよ」

「そうは言っても……」

「他のお菓子もね、パッとしない。いづみさん、名古屋はお茶が盛んだから、お菓子のレベルがものすごく高いのよ。名店の生菓子なんて京都にも負けないくらいよ」

「はい、そのくらいは知ってます」

フードライターとして、名古屋のスイーツ特集をしたことがある。

「だからね、私はあっちゃんに言ってやったのよ。東京支店でういろう売るのやめて、ひつ鰻《まぶし》の専門店にしなさいって」

「ひつ鰻ですか……」

名古屋名物のひつ鰻は、ご飯の間にもう一枚鰻が入っている。そのままでもおいしいが、二杯めはお茶漬けにして、山葵《わさび》やネギや海苔をたっぷり入れて食べると二度楽しむことが出来る。

「そうよ、先代からね、銀座の六丁目に小さいういろうの店出してきたのよ。そうたいして売れてないんだから、思いきってひつ鰻の店に変えなさいって私は言って、それでいづみさんにいろいろ手伝ってもらおうと思ってるのよ」

「はい……」

「ちょっと、あっちゃん」

社長の方に向き直った。

「この菊池いづみさんはね、有名な雑誌に記事や評論を書いている一流のジャーナリストなのよ。このあいだは『この店行かなきゃ損をする』っていう本を書いたけど、これがベストセラーになって、東京のグルメたちのバイブルになってるのよ。

あなたさ、名古屋の田舎者だから知らないだろうけど、どこのレストランに行っても、菊池いづみって言ったら大変なのよ。ちょっと取材に寄るとね、先生が来たって、シェフが緊張でまっ青になるぐらいなの。こういう人におたくの仕事してもらえるなんてすごいことなのよ、わかる？」

いづみは啞然《あぜん》とする。ハルコのはったりと高圧的な態度に声も出ない。

「いいえ、私は、それほどの者では……」

と、いつものいづみなら言っただろうが、ハルコの迫力に押されて、いつのまにか静かに頷いているのがやっとなのだ。

「ええ、私も菊池先生のご本は、ハルコさんから送ってもらって読ませてもらいました」

いつのまにか、いづみは〝先生〟になっていた。

「すっごいでしょ。東京の名店がずらりと出てるでしょ。あなたの店も、いづみさんにプロデュースしてもらって、いつかこういう本に書いてもらえるように頑張りなさいよ」

「ええ、そうですね」

三島はかしこまって答える。

「社長って、こんなにちょろいもんなの……」

いづみはほとほと呆れてしまった。そういえば誰かが言っていたっけ。

「社長と名がつく男たちはたいていMである」

と。ふだん社員たちに威張っている男たちは、ごくまれに強気に出てくる女が現れるとたいてい言いなりになってしまう。他人に服従することの快感を知ってしまうのだ。しかしこんなことが出来る女はめったにいない。テクニックなどではなく、生まれつきの大胆不敵さと厚かましさなのだ。どうやら中島ハルコはこうした女の一人らしいのだが、この才能は男たちに目つぶしもくらわせるようだ。いづみから見て、ハルコはどう見ても中レベルである。綺麗とか可愛い、と言っても、おばさんにしては、とか、五十過ぎにしては、という〝ただし〟がつく。色気というものを多少放出させているかもしれないが、図々しさで全く相殺されている。それなのに、この三島という社長は、なぜかハルコの言いなりなのである。ハルコに憧れていたようなことさえ口にするではないか。

「もしかしたら、過去に何かあったのだろうか。大学生の彼が、人妻だったハルコと……」

つい勘ぐってしまうほどだ。

しかし突然、三島がこう発言する。

「ハルコさん、ひつ鰻の店なんですが、ちょっと考えさせてもらえませんか」

「えっ、何ですって」

「女房に相談したんですよね。そうしたらちょっと待った方がいいんじゃないかっていうことになって」

「ちょっとオ、女房ってキョウコさんのことでしょう」

「そうですよ。他に誰がいるんですか」

「あの人に相談したって仕方ないじゃないの。言っちゃナンだけど、あの人、ふつうの奥さんよねぇ。おたくの会社で受付してたあの人と結婚する時、私はおたくのお父さんに相談されて反対したわよ。あっちゃんには、もっとしっかりした人がいいんじゃないかって。それをさ、顔だけで選んだのよね。まあ、あの人、可愛いだけのふつうの人よね」

　驚いた。人の妻のことをこれほどずけずけと言ってのけるとは。こんなことが許されるんだろうか。しかし三島は腹を立てた様子もない。きついなアと言いながら、顔は穏やかなままだ。

「キョウコのやつ、ハルコさんのこと好きで尊敬してるみたいですよ」

「そりゃそうでしょうよ。私みたいな女はめったにいるわけないもの。その私がここまで親身になってあげてるのに、あのキョウコさんがなんで反対するのよ」

「その、ういろう以外のことをやるのが不安なんです」

「だからね、あんたら夫婦はダメなのよ」

ハルコは大きなため息をついた。

「先代の時はバブルもあって、ういろうも売れたかもしれない。だけどこんなご時世で、ういろう食べる年寄りなんかどんどん減ってんのよ。新しいことにうって出なきゃダメなのよ。それがどうしてわかんないのかしらね。おたく百年前に出来たって威張ってるけど、百年前と同じもんを今の人が有難がって食べるわけないでしょ。ういろう捨てろなんて言うつもりはないけど、店の看板として残すものは残して、新しいことしなけりゃおたくは生き残れないわよ。私ね、本当はたっぷりコンサルタント料もらいたいところだけど、昔、おたくの運動会で走ったよしみで、タダでこんだけ相談にのってあげてるんじゃないの」

「そんな怒らないでくださいよ」

「怒ってやしないわよ。あなたの臆病さが情けないだけ」

「まあ、ハルコさん、僕の話を聞いてくださいよ。臆病にもなりますよ」

――三島昭宏の悩み。

ハルコさん、会うたびにうちのキョウコの悪口言うけれども、優しくていい女房なんですよ。ご存知のとおり、親父は癌で長患いの末に亡くなりましたが、病院に通ってよく親父の看病をしてくれました。お袋も僕も、キョウコには本当に感謝してるんですよ。

結婚したのは僕が二十四歳の時です。大学を出てすぐ、会社で受付をしていたキョウコにひと目惚れしたんですよ。キョウコは二十歳でした。そして結婚した次の年には息子が生まれるんですが、あの頃は親父も元気で、そりゃあ孫に甘いジジイになりました。お袋と競争で可愛がるんです。そのせいだって言うわけじゃありませんが、隆行《たかゆき》はまあ、少々気が弱くて甘ったれの子どもになりました。子どもの頃はよく泣かされて帰ってきましたし、中学校の時はちょっと登校拒否になりかけたこともありました。

しかし高校へ行ってからはよく勉強もしましたし友だちも増えて、こちらとしてはほっとしていました。まあ、言ってみれば紫風堂の五代目ですから、こちらも期待をしていますし、そういう風にも育ててきました。ところが今年になってから、僕は絶対菓子屋なんかにはならない。他にやりたいことがあるんだ。こんなういろう屋なんか、絵里《えり》にやらせればいい、って言い出したんですよ。絵里というのは、息子の年子の妹です。ハルコさんは、隆行の時はお祝いくれたけど、娘が生まれた時は知らん顔だったので、記憶にもないと思いますがね。

もちろん私たち夫婦は息子を説得し、叱りました。やりたいことは何だって聞いたら、ハルコさん、びっくりするじゃありませんか。ギタリストになりたいって言うんです。そうなんですよ。死んだ親父が、ねだられるままに十五だか十六の誕生日に高いギターを買ってやったのがすべての始まりなんですよね。しかしお墓の中にいる人を、恨んだって仕方ありません。私は言ってやりましたよ。お前、ギターなんかやって食べられるはずはないだろう。お前はいざとなったら、家に帰ってくるつもりなんだろうが、商売はそんなに甘いものじゃない。お前が五代目を継がなければ、絵里にやらせるつもりだ。そうすればお前の帰ってくる場所なんかないんだ。東京で野垂れ死にしたって、お父さんは絶対に知らんと、きついことをさんざん言ったんですが、全く聞く耳を持たないんですよ。そしてもっと驚くことには、自分の覚悟をみせてやるって、大学もさっさとやめたんですよ。もうこれには女房も寝込んじゃいましたよ。そして私に言うんですよ。パパ、肝心の息子がこんな風で、どうして新分野の仕事なんか出来る？　東京に打って出るなんてこと出来る？　私たちがこんなに頑張ってきたのも、隆行が立派な五代目になってくれるっていう思いがあったからでしょう。それがなくなった今は、もう東京進出なんて夢はやめましょう……。って、まあ、こういう次第なんですよ。

「ふうーん」

ハルコはいかにもつまらなそうに唇をとがらせた。三島夫婦への同情などは微塵《みじん》もない。ただ自分の思いつきが台なしになったことへの不満なのだ。

「私が最後に会った時は、幼稚園くらいだったけど、もうそんな生意気なことを言う年になったのね」

「そうなんですよ」

「まあ、あんたたち、子どもの育て方間違えたわねえ」

「そうなんですよ」

「それで大学やめたって、いったいどこの大学なのよ」

「名古屋大学です」

「メイダイ！」

ハルコは大きな声をあげた。

「せっかく入ったメイダイをやめたって言うのっ!?」

「そうなんです。経済学部です」

「あのね、いづみさん」

ハルコは鼻の穴をふくらませながら解説する。

「名古屋の人間にとって、メイダイに入るっていうことは大変なことなのよ。男の子がいるうちは、とにかくメイダイに入れることを目標にするのよ。東京の早稲田や慶応に受かったってね、名古屋の人間は『メイダイにすりゃあ、いいのに』としか思わない。東大へ行って初めて、あれ、頭がいいんだねえーってもんよ。ちょっとあっちゃん、これは大変なことじゃないの。名古屋産業大学《めいさんだい》や愛知学院大学《あいがく》やめるのとはわけが違うんだから」

「そうなんですよ……」

「私はね、この頃の親っていったいどうなってるんだろうっていつも思ってるのよ。子どもを思いきり甘やかして、お前にはお前の人生があるとか、好きな道を見つけろとか、安いドラマのセリフみたいなことばっかり言い続けるから、子どもはつけあがるのよね。自分の可能性は果てしなくあるなんて、とんでもないことを考えちゃうのよ。可能性なんてね、最初から広く用意されてるわけじゃないのよ。努力してさ、少しずつ拡げていくものなのに、今どきのアホな子どもは、滑走路みたいなもんが自分の前にどーんと伸びてるって信じてるんだから、全くどうしようもないわね」

「だけどハルコさん……」

　思わずいづみは口をはさんだ。

「三島さんところの息子さん、自分の夢を貫こうとして立派じゃないですか。この頃、だらだらぼんやり生きている若者ばっかりですから、私はたいしたもんだと思いますよ」

「そりゃあ、夢を持つのは悪いことじゃないけど、ギタリストっていうのが気にくわないわね」

「えっ、どうしてですか」

「中途半端な芸能人っていう感じがするじゃないの。俳優やタレントと違って、自分はアーティストだぜ。だから志望動機がそこらの芸能人より高尚だぜーっていう感じが嫌よね」

「それって、なんかすごい偏見じゃないですかね」

「そんなことないわよ。そもそもね、こうした浮わついた夢にはね、他の堅実な夢よりも、ずっと大きなリスクがつきまとうのよ、ねえ、あっちゃん、おたくの息子には、こういうリスクを背負うだけの根性や才能があるわけ」

「そこなんですよ、ハルコさん」

三島は顔をしかめた。

「根性の方は、大学やめて心意気見せたくらいですからまあああると思います。うちの財産……って言ってもちっぽけなもんですが、いっさいあてにしないって言ってますから」

「まあ、そうは言っても、あっちゃんが亡くなればどうなるかわからないわよ。娘ともめないように、遺言状はちゃんと書いとくことね。はい、それで？」

「才能の方なんですけどね、本人は自分はすごい、人から誉められる、って自信を持ってるんですけど、僕にはギターのことなんかまるでわからないんですよ」

「そりゃそうでしょ。カラオケ行っても尾崎豊あんだけ調子っぱずれに歌う人に、ロックがわかるわけないもんね」

「まあ、そうなんですよ。悲しいことにまわりを見わたしても、音楽に詳しい人なんか誰もいないんですよ。それでお願いなんですけど、ハルコさんは東京でとても顔が広いじゃないですか。誰か専門家を紹介してくれませんかね。その人に一度、息子のギターを聞いてもらいたいんですよ。本当に才能があるかどうか知りたいんです。そうしたら息子も諦めるかもしれないし、もしかしたら、ことによったら、自分たちも応援しないでもないんですけど」

「まあ、図々しいわねッ」

ハルコは今までの自分の言動をすべて忘れたかのように叫んだ。

「そういう親ってサイテーだと思ってたけど、あっちゃんもそういう一人だったのね。ちょっと、あんた間違ってるわよ」

「すみません……」

可哀想に三島はすっかり怯えてしまい、頭を何度も下げる。どうやら完璧にMの境地に陥っているのだと、いづみはつくづく感じ入ってしまった。

「今私が、浮わついた夢にはリスクがともなうって言ったばかりじゃない。おたくの息子はそれを背負わなきゃいけないの、一生ね。ついでに才能って言ったけど、そんなの誰にもわかるわけないでしょ。才能があるからって成功するとは限らない、なんていうこと、真理中の真理じゃないの。あんたも経営者のハシクレならわかるでしょう。才能なんてね、成功した人の〝後づけ〟なんだから。それなのにさ、あっちゃんたら、才能があるかどうか、今のうちに見極めようなんて、なんてバカなのかしら。たとえ才能がない、って言われたって、頭に血が上ってるおたくのバカ息子が納得するわけないでしょうよ」

「ハルコさん、バカ息子って言うのはちょっと……」

思わずいづみは口をはさんでしまった。

「だってね、さっきから話を聞くとね、どうしたってバカ息子でしょ。メイダイやめてギタリストになりたいなんて、どう考えても無茶よね。だいたいね、あっちゃんとキョウコさんの夫婦に天才が生まれるはずないでしょ。そう考えたら、メイダイやめる時に親は体張って阻止しなきゃいけなかったのよ。まあ、仕方ないわ。乗りかかった舟だわ。息子と一回会ってあげてもいいわよ」

「本当ですか。ありがとうございます。嬉しいです」

いづみはほとほと感心してしまった。ハルコはいろいろ高飛車に出る。すると相手はますます低い場所に下がっていくのだから。

「それで息子はいつ東京に出てくるの」

「実はもう東京にいて、バイトしながら専門学校に通ってます」

「ほらね、天才とか何とか言っても、最初は学校に入るんでしょ。いちから学ぶんでしょ。レベルがわかるわね」

ハルコは勝ち誇ったように言ったが、三島は最後まで聞かず、失礼、と言ってラウンジを出てしまった。そしてケイタイを握りしめ、嬉しそうに帰ってきた。

「ハルコさん、今すぐ池袋のアパートを出てくるそうですから、ちょっと会ってやってくれませんか。今、僕にしてくれたみたいな叱咤激励を息子にもしてほしいんですけど……あの菊池先生もぜひご一緒に。マスコミの世界のことを教えてほしいんです」

「忙しいけど仕方ないわねえ。まあ、少しだけなら時間をつくってあげるわ」

よく言うよといづみは思った。仕事のことでういろう屋の社長と会わせるが、その後たぶん食事ということになるだろう。どこかおいしいところに行き、社長に奢らせようと電話で言ったのはどこの誰だったろうか。

「じゃ、あっちゃん、いつまでもここにいるわけにもいかないから、次のお店考えて頂戴。私は地下の〝吉兆〟でいいわよ。おたくの息子には十年早い店だけどまあいいわ。仕方ないわね」

まるで自分がご馳走するような口ぶりであった。

なぜだかわからないが、ハルコは「お祝いだから」と、シャンパンを抜かせ、吉兆のいちばん高いコースを注文した。

「あなたもこういう時に、一流の味を食べなさいよ。今、取材費が出なくて大変なんでしょ」

などと言うのでいづみははらはらしたが、幸いなことに三島はちょうどケイタイが鳴り、店の外に出ていった。

「今、隆行はホテルに着いたそうです。ここの店にすぐに来ます」

「あっ、そう。じゃあ、席をもう一つつくってもらいましょうかね」

ハルコは左耳の横でぱんぱんと手を打った。仲居を呼ぶためである。いづみはぽかんと見つめる。男性が料亭などで行う動作をする女に初めて出会った。ハルコは実に慣れた様子であった。

「ちょっとオ、もう一人増えるからここに席をつくって頂戴。えーと、隆行って、二十歳過ぎてたわね」

「今年成人式でした」

「じゃ、ＯＫね。グラスをもう一つね」

「あっ、僕、お酒は飲みません」

その声に、ハルコといづみは顔を上げた。仲居に案内されてそこに若い男の子が立っていた。今どきの男の子らしく実に小さな顔をしていて、その中に配置よく切れ長な綺麗な目と、きかん気の強そうな曲線のある唇があった。

「まあ、隆行ちゃん、久しぶりね」

幼ない頃会ったきりだというのに、ハルコは狎《な》れ狎れしく話しかける。

「私のこと、憶えてるかしら」

「いやあ……」

「お祖父ちゃんの代からお世話になっている女社長さんだ。それから料理評論家の菊池先生」

「まあ、まあ。そんなこと言うと、おじけづいちゃうわよね。隆行ちゃん、さあ、お座りなさいよ。お酒がダメだったら何にする？」

「ジンジャーエールがいいっす」

「ダメよ」

ところがハルコはきっぱりと言った。

「甘いものを飲んだら、料理がまずくなるわよ。食べ物屋の息子なら、そのくらいのこと知っとかなきゃ」

「あの、親父から聞いたと思うんすけど、僕、家を継ぐ気、まるっきりないんすよね」

「知ってるわよ。ギタリストになるんですってね。えーと、じゃあ飲みものはふつうのお茶にしなさい」

「わかりました」

その間、ハルコはにこにこと隆行を眺めている。お酒がまわったのかと思ったがそうではない。何かをとても喜んでいる様子であった。

「隆行ちゃんって、本当にイケメンね。お母さんに似てよかったわねえ。キョウコさんは若い時、かなり美人だったから。それでね、おたくのお父さんがひと目惚れして結婚したのよ。知ってた？」

「知らないっす」

若い男は面白くなさそうに茶をすすった。

若く美しい男の不機嫌な様子は、なんとさまになることであろうといづみは目が離せない。モデルになってもいいぐらい綺麗な男の子。このコの唇の形って、なんてセクシーなんだろう……。

「隆行ちゃん、ギタリストになるんでしょ。頑張りなさい」

ハルコの言葉に、三島といづみは、えっと声をあげた。

「ハルコさん、さっきと話が違うんじゃないですか」

三島に向かって、ハルコはにっこりと微笑む。

「隆行ちゃんを見たら考えが変わったの。このコがあんたに似てたら、ギタリストになる夢なんか捨てて、まじめにういろう屋継げ、って言ったわよ。だけどこんなにイケメンなら大丈夫」

「芸能人になれるってことですね」

「あっちゃん、違うわよ。この顔なら絶対に食いっぱぐれることはないわ。きっと誰か女が隆行ちゃんを食べさせてくれる。絶対に路頭に迷うことはない。私は安心したわ。二十年後、隆行ちゃんは奥さんが経営するスナックで、ひき語りしているかもしれない。たぶんそうなるわ。だけどそれも隆行ちゃんの選んだ人生よね。それもいいじゃないの。その時はあっちゃん、店の資金をちょっとくらい出してあげなさいね。さあ、これで大丈夫。明日から頑張ってギタリストをめざすのよ。私も応援してあげるわ」

ハルコ、縁談を頼まれる

新幹線で名古屋に着いたのは、五時半過ぎであった。そこからタクシーに乗る。

「車で十二、三分」

と言われていたとおりだった。六時十分前に、車はその店の前に止まった。「桂」という小さな表札がなかったら気がつかなかったかもしれない。やや金のかかった二階家という風情である。

「ここが伝説のあの店ね……」

女はスマホを取り出し、まず表札、そして格子戸をパシャパシャ撮り出す。

「真央《まお》さん、早くしてよ」

菊池いづみは思わず声をあらげた。

「私たち、ギリギリよ。六時を一分でも過ぎたら、どんなめに遭わされるか……」

「あの、ハルコっておばさんによね……」

「そうなの。この店で食べるために、どんだけ恩を着せられたか。さあ、行きましょう」

格子戸を開けると、食べ物屋独得の喧騒と温かい空気がむっときた。見た目は仕舞屋《しもたや》であったが、一歩中に入るとそこは名古屋でいちばん流行りの店であった。

「皆さん、もうお待ちですよ」

着物姿の仲居が、靴を脱いだ二人を先導してくれる。といっても、二人が歩いたのはわずか三メートルほど、玄関のすぐ隣りが座敷であった。十二畳ほどの座敷にはテーブルが四つ置かれ、そこにぎっしりと人が座っていた。

「いづみさん、遅いじゃないの」

床の間を背負ったハルコが大きな声をあげた。

「私、何度も言ったでしょ。ここ、一人でも遅れたら何にも始まらないのよ」

「まあ、まあ、五分前。滑り込みセーフですよ」

ハルコの隣りにいるのは、このあいだ紹介してもらったばかりの、ういろう屋の社長三島である。

「ごめんなさい。もっと早い新幹線に乗れると思ってたんですけど」

「ああ、いいから、座って、座って」

ハルコは自分のテーブルの前を指さした。二人分の箸やコップが用意されている。いづみは連れの女を、自分の隣りに座らせた。

「あの、ハルコさん、三島さん、紹介させてください。佐伯出版の高田《たかだ》真央さんです」

「えー、佐伯出版なんて聞いたことないわね」

名刺を値踏みしてハルコは言った。

「料理業界の本を出している老舗ですよ。『板前ライフ』とか『厨房展望』とか。真央さんはそこの編集者で、私もよくお仕事させてもらってるんです」

「おたくの『甘味新報』、うちも愛読させていただいてますよ」

三島が愛想よく合いの手を入れたが、ハルコにはあまり効き目がなかった。

「それじゃ、あなたさ、今日は本当によかったわね。この『桂』にはめったなことじゃこれないものね。取材なんかいっさいさせない店だし、まず予約がとれないものね」

いづみには最近わかったことがある。初対面の相手に、ハルコはまず恩着せがましく高飛車に出るのである。それからもうひとつ……。いづみはテーブルの下で真央の膝をつついた。教えたとおりにやれと合図したのだ。

相手の言動に驚いたりむっとしないこと、ひたすら持ち上げること。そうすれば人のいい一面がぽっと出てくる時もある。あくまでもかすかに〝ぽっ〟とであるが。

「そうですよね。本当に今日はありがとうございます。名古屋財界にも顔がお広い中島さんだからこそ、この席を取ってくださったんですよね。編集部の皆からも驚かれたり、羨ましがられたりして大変でした。あの『桂』の席をどうやって取ったんだ。よっぽどすごいツテがあったんだろうって」

「でしょう。冬にこの『桂』で鮟鱇《あんこう》鍋を食べるのはふつうの人はちょっと出来ないわよね。なにしろ、常連が来年の席を予約して帰るから、入り込む隙がないのよ。でもね、ここにいる三島さんが、今日の座敷をおさえてるっていうから、私は無理に入れてもらったのよ。いづみさんは食べ物関係の仕事をしてるんだから絶対一度は食べなきゃね。そしてついでだから、一人誰か誘いなさい、って私が言ったの」

「それが私なんです。本当にありがとうございます」

そう言っている合い間に襖が開き、女将とおぼしき中年の女性が顔を出した。ショートカットに黒無地の結城がよく似合っている。

「皆さんお揃いですから、そろそろ始めさせていただきます」

後ろに、炭火を持った二人の仲居が立っている。それぞれのテーブルに置かれた七輪に火を入れていく。やがて鮟鱇の身と野菜が運ばれてきた。女将と仲居がそれぞれの席に着いて、鍋の段取りをしてくれる仕組みだ。最初見事な伊勢海老が鍋に投入されたが、これはあくまでも出汁《だし》をとるためのものらしい。関東ではたいてい味噌味であるが、ここの鍋は醬油味で、アン肝をれんげで溶きながら口に入れていく。今摘んできたばかりのようなセリもみずみずしく、

「鮟鱇鍋がこんなにおいしいものだなんて、初めて知りましたよ」

いづみは大きなため息をついた。

「噂以上ね。この鮟鱇、いまさばいたばっかりの色をしてる。この身のぷりぷりしていることといったらすごいわ。出汁が素晴らしい！」

真央はプロらしく、スマホで何枚も撮影している。が、目の前にいるハルコは口角を下げて不満顔である。スマホが嫌なのかと思ったらそうではない。

「ちょっとオ、隣りのテーブルの若いの、また日本酒頼んでるわよッ。鮟鱇は精がつきすぎるから、お酒は控えめにって、さっき女将さんが言ったばっかりじゃないの。それなのにあんなにお酒飲んで……。これじゃ、あんまり飲まない人たちがワリ合わないじゃないの」

どうやら割り勘なのが不満らしい。今日の宴について、いづみはあらかじめこう聞かされていた。

「ほら、このあいだ会った三島のあっちゃんが、『桂』を予約しといてくれたのよ。あそこで食べるって大変なことなのよ。だけど、あそこはいい商売してるわよね。

だってね、座敷は二つしかなくて貸し切りなのよ。十五人入るとこと、七人入るところと二つ。誰かが幹事になって、それだけの人数を集めて、いっせいにスタートさせるわけよ。遅刻やドタキャンなんか絶対に許されない。幹事は責任持って人を集めて、それからお金を集めて支払いをするってわけなの。あっちゃんは毎年、二月の十四日、バレンタインの日に予約してるんですって。私が頼んで、なんとか三人分の席をつくってくれたわ。だから現金をちゃんと持ってきて頂戴。カードはきかないわよ」

というわけで、この日集まったのは、三島の友人、知人たちなのだが、若い人たちが多いテーブルは酒がどんどんすすんでいく。ハルコはそれがいまいましくてたまらないらしい。

「あら、今度はビール頼んだわ。今度はプレミアムよ」

たまりかねて三島が言った。

「三人はせっかく東京から来てくれたんだから、このテーブルの分は僕が持ちますよ」

「それを早く言ってくれればいいのに」

ハルコはたちまち機嫌がよくなり、

「ちょっと、こっちにも熱燗一本ね」

と仲居に命じた。

鍋のものをひととおり食べ終わった頃、三島がもう一度乾杯を、と促した。

「今日のバレンタインにあぶれた皆に！」

皆は大きな声で笑ったが、

「本当ね。モテない連中ばっかりなのね」

というハルコの声は座敷に響いた。誰かのフォローがないと、おばさんの毒舌となってしまうところがハルコの危ういところだ。

「そうなんです。モテない女が二人東京からやってきました」

わずかの間のつき合いであるが、こういう反射神経をいつの間にかいづみは身につけていた。

「三島さん、私も真央さんも独身なんです。どなたかいい方いらっしゃいませんかね」

「おい、おい、こっち向いて」

三島は隣りのテーブルの男たちに声をかけた。三十代のしゃれた格好をした男たちだ。

「これ、名古屋のＪＣ（青年会議所）の有力メンバー。好きなの持ってっていいよ」

男たちは一応「よろしく」と頭を下げたが、

「三島さん、残念なことに、僕たちみんな既婚者なんですよ」

「そろそろ別れそうなのいないの。あなたなんか、奥さんといかにもうまくいってなさそうだけど」

ハルコがまたつまらぬことを口にする。彼女のこういうずけずけしたもの言いは、年寄りには面白がられそうであるが、三十代の男たちは、曖昧な笑いを浮かべながら静かに引いていくだけであった。三島が立ち上がりかけた。

「えーと、いづみさんと真央さん、あっちのテーブルは、お医者さんのグループだよ……。まずいな……、みんな奥さん連れてきてるな」

「そんなに気を遣わなくても結構ですよ」

真央が穏やかに制した。

「もう少し自力で頑張ってみますから」

「自力で頑張るって……、あなた幾つなの」

とハルコが問う。

「三十七になりました」

「まあ、結構いってるわね」

「そうなんです」

「そんなブスってわけでもないのに、どうして四十近くまで独り身なの。あなたもやっぱり不倫が長びいてたクチなのかしら」

ハルコのキャラクターのあらましは伝えているというものの、真央はまだ彼女に慣れていない。いづみは友人のために再び防御にまわる。

「いいえ、真央さんって東大出てるんです。ですから男の人に敬遠されちゃって」

「へえー、東大ねえ！」

ハルコは東大ぐらいで驚かないぞ、という表情をつくったがそれはあまりうまくいかなかった。

「こんなふつうのヒトが、何気に東大出てるのねえ」

本音を漏らした。しかしすぐに態勢を立て直し、

「だけど今どき、東大出なんてそんなに珍しくないでしょ。私の知り合いのお嬢さんたちも何人も東大出てるけど、みんなちゃんと結婚してるわよ」

「まあ、そういう人もいっぱいいます。私も結婚出来ない理由を別に東大のせいにするつもりはないんですが……」

——高田真央の身の上相談。

東大行く女って、お父さんもお兄ちゃんも東大出ていて、あそこに進むのが当然

っていうタイプが多いんですよ。いいとこのお嬢さんです。私はそういうんじゃなくて、地方から頑張って上京してきたんです。佐賀の中学、高校じゃずっとトップで、そりゃあ親は自慢です。うちの父親は商業高校出て、地元のスーパーに勤めてたんですけど、

「うちの娘は東大めざしてます」

ってあちこちで言いふらすもんで、もう後にひけなくなった、っていう感じですかね。うちの兄もわりと勉強出来て、こっちは、

「九大めざしてます」

って言いふらしてたんですけど、うまくいかなくて佐賀大に行きました。そんなわけで私にものすごい期待がかかったんです。そりゃあ勉強しましたよ。平均四時間の睡眠で頑張って、髪も抜けたくらいです。そして現役で東大の文Ⅲに入ったんですけどね、入学したらショックでしたよ。

私が必死で勉強して入学してきた東大に、タレントみたいに可愛い女の子がいっぱいいるじゃないですか。おしゃれであたり前に英語が喋れて、海外なんかしょっちゅう行ってて、ピアノがうまくってスポーツ得意で……っていう、なんていうかもう信じられないような人たちですよ。本当に私と同じように十八歳なの？　どこかでダブルの人生やっててんじゃないかと思うような人たちでした。地方から東大入

ってくると、男でも女でもみんなこのコンプレックスに陥る人、多いみたいですね。まあ、それなりに恋愛もしましたけど、結婚の気配もなく卒業となりました。東大生の女は、学生の時に相手をしっかりつかまえておかないとあとは本当につらくなりますよね。私、よくわかりました。

就職にしても東大生っていうと、思いのまま、ってイメージあるらしいけどそんなことはありません。文系の東大生の女は、マスコミに進むことが多いんですけど、ここは競争率がいちばん高いところです。私は出版社志望でしたけど大手はどこも落ちました。文藝春秋は最終面接で落ち、講談社は二次にもひっかかりませんでしたよ。集英社は同級生が内定とったんで相当口惜しかったですね。そしてやっとなんとか就職出来たのが、料理専門の出版社ってわけです。はっきり言って料理なんかそんなに興味を持っていたわけでもないですが、仕事となれば一生懸命やります。産地に行って勉強したり、食材を研究したりするうち、まあ仕事も面白くなってきます。いづみさんにお仕事をお願いして、人気のレストランを訪ねる連載も二人でやってきました。

ですけど、この頃よくわかったんですけど、私は決してバリキャリじゃないんです。結婚しなくてもいいから、仕事ひと筋に頑張りたい、っていうタイプでもないんです。この頃無性に結婚したくてたまらないんですよ。ですけど、こういう仕事をしていると、結婚からは遠ざかっていきます。土日もありませんし、校了前は徹夜もしょっちゅうです。サラリーマンの人とは時間帯が合わないんです。

それにこういうことを言うのはイヤらしいですけど、合コンや飲み会に誘われますよね、自分から言ったことはないんですけど、誰かが必ず言うんです。

「この人、東大出てんだよ」

って。そうすると、男の人がさっと引いていくのがわかるんです。みんな、へえーっ、とかすごいですね、とか言うんですけど、もうその時に口調が違うんですよ。早稲田とか慶応の人は素直に驚くんですけど、やっかいなのが一橋とか東工大出ている人ですかね。微妙に冷やかになっていくんですよ……。もちろん私が結婚出来ないのが東大出てるからって言うつもりはないです。ですけどしづらくなっているのは本当なんですよ……。

「あなたの気持ち、わかるわよ」

なんということだろう。ハルコが極めて親身な様子で大きく頷いたのである。

「この国の男って、本当に器が小さいっていうか、何ていうかねえ。未だに自分より上の女は遠ざけちゃうのよ。私だってそうよ。最初はおっ、いい女がいるなアって近づいてくる男もね、私のバックグラウンドを知ると敬遠しちゃうのよね」

よっぽどすごいバックグラウンドらしい。

「真央さんっていったわね。あなたに合う男はあなたより上の男じゃなきゃダメ。男はね、女にちょっとでもコンプレックス持つと、どんどんいじけちゃうのよ」

「そうかもしれませんね……」

「そうよオ。男の劣等感っていうのはいじましいわよオ。私なんか何度それでやられたかわからないんだから。私はね、背の低い男と、学校出てない男とはつき合わないことにしてるの。コンプレックスがいい方にまわるといいんだけど、たいていはそうじゃないもの」

「すごいことといいますね……」

真央はビールのコップを手に呆然としている。どうやらハルコに圧倒され、彼女のペースにひき込まれつつあるといづみは感じた。

「真央さん、ハルコさんに紹介してもらうといいよ」

酔いがまわって、自分も鮟鱇のような顔になった三島がのんびりと言う。

「ハルコさんは、すごいエリートいっぱい知ってるんだから」

「そうねえ……」

ハルコはもったいぶって視線を上に泳がす。そうしながらも、箸は鮟鱇の大きな切り身をしっかりととらえていた。

「そりゃ私は、経産省や財務省の若い人たちいっぱい知ってるわよ。だけどね、あの人たちも三十後半になるとたいていは結婚してるしねえー」

「お願いしますよ、ハルコさん」

いづみも頭を下げた。ハルコがどこまで調子にのるのか、はたして本当に実力があるのか知ってみたい気がしたのだ。

はたしてハルコの舌はどんどんなめらかになっていく。

「マスコミの方が話が合うっていうのなら、朝日とか日経はどう。NHKは給料安いけど、喰いっぱぐれはないわね。テレビ局も私は知り合い多いのよ。フジの専務もよく知ってるし、TBSの常務とはゴルフ仲間なのよ」

「ハルコさんって、すごいですね……」

いづみがいつもする合いの手を、今日は真央が発する。

「すごいってことはないけど……」

照れるかと思いきや、

「まあ、どの業界も必ず私のファンがいるのよね」

ハルコはおごそかに言いはなった。

「それじゃあ、なおのことお願いしますよ」

いづみは何やら楽しくなってくる。世の中にこれほど自分を肯定する人間がいることの驚き。ここまできたらもはや勘違いとはいえないのではないだろうか。そして自分たちふつうの人間は、こういう非凡な人にせいぜい便乗させてもらえばいいのだ。

「ハルコさんのすんごい人脈で、なんとか真央さんにいい人を紹介してあげてくださいよ。私のまわりをみても、優秀な頭脳を持っている女の人が、ちっとも子どもを産みません。まごまごしていると、この国、今にがんがん子ども産むヤンキーに乗っ取られると思いますよ。ハルコさん、日本の未来のためによろしくお願いしますよ」

「そうねえ。それについちゃ私もいろいろ考えてるのよー。真央さん、あなたいったいどういうのが好みなの。背は高くなきゃダメとか、イケメンでなきゃダメとか、これは譲れない、っていうものを言いなさいよ」

「まあ……、誠実でやさしい人なら……」

「ダメ、ダメ。そういう曖昧な一般論言っているうちは、あなた結婚出来ないわよ。もうその年になったからには、具体的な条件をはっきり言わなきゃ。先方にも伝えなきゃならないし」

「ひとつ言えば、専門の何かを持っている人だけど、傲慢じゃなくて、ごくあたり前の価値観を持っている人……」

「こりゃ、むずかしいわ」

ハルコは大げさにため息をついた。

「私の見たところ、東大卒業している男の八割は性格悪いわね」

「本当なんですか」

いづみはどうも信じられない。

「たいてい変わってるわよ。特に医学部出てる東大出はふつうじゃない。官庁や大企業に勤めている東大出は、もうプライドのカタマリよね。それなのに自分は気さくで個性的で、東大らしくないと思い込んでるから始末が悪いわねえ。後の二割くらいに性格がよくて見た目もなかなかっていうのがいるけど……」

「じゃ、真央さんにそういうのを紹介してあげてくださいよ」

「何、言ってんだか」

ハルコはれんげをする。それはさっき仲居に命じ、自分にだけたっぷりアン肝を入れたものであった。

「東大出で性格がいい。そんなもんはとっくに誰かのものになってるわよ。さっき真央さんも言ってたじゃない。そういう〝出物〟は、在学中に同級生か後輩の女にツバつけられてるんだって」

「そうです」

「真央さん、こうなったら私が相手を探してあげるけど、あなたはその八割の中からましなものを選びなさい。もしかすると『残りものに福』があるかもしれないわよ。多少難あっても大丈夫。あなたには仕事があるんだもの。うちで顔つき合わす時間だって少ないんだし。それに別れたってどうということないでしょ。子どもでも出来れば万々歳よね。子連れで出戻りっていうのが、今はいちばんの親孝行なんだから」

「そうでしょうか……」

「そうよオ。私が言うんだから間違いないわよ。いい遺伝子もらって子どもを産めばそれでいいじゃないの。どうせあなた、一回結婚すりゃ気が済むんでしょ」

「いいえ、私は結婚したからには添いとげたいと思っています」

「まあ、結婚前の女はみんなそんなこと言うけどね、離婚したって、誰も何にも言わない。私なんか二回したけどまるっきり平気よ。今流行の貧困シングルマザーになりそうな女だったら、私こんなことは言わないわよ。だけどあなたは東大出てるマスコミの女。会社はちょっとしょぼそうだけど、給料はふつうの女よりずっといいはずよ。めったに会うことの出来ない私と会って、こうして一緒にご飯食べてる。それだけであなたはすごい幸運とチャンスをつかんだのよ。いづみさんに感謝しなさいよ。わかった!?」

「はい、よろしくお願いいたします」

ごく自然に真央は頭を垂れているのである。

「それでハルコさんのお見合い大作戦どうなの」

昼下がり、帝国ホテルのランデブーラウンジである。ハルコはここが好きでいつもここを指定してくる。コーヒーの値段は高いが、ゆったりとした雰囲気でいくらでもねばれるというのがその理由だ。真央はここで二回ほど見合いをしたと言う。

「一人はNHKのプロデューサーで、一人は三菱商事の社員だったわ」

「あら、いいじゃないの」

「それがね、どっちも困ってんのよ。どうして自分がここに来たのかわからないって……。とにかくハルコさんがしつこくてしつこくて、とりあえずここに来た、っていう感じなの」

「えー、ハルコさん、お見合いって話してないの」

「とにかく会わせたい人がいるから、何時にここに来いってハルコさんが言ったらしい。あの人はいつも自分勝手で強引だからって二人とも最後には笑ってたけどね」

「ひどいわね。何がすごい人脈よ」

「だけどあのおばさん、三十代、四十代の男まで子分にするってなかなかのもんよ。私は感心しちゃったわ。今まであの人の言いなりになるのは、半分呆《ぼ》けかかったおじさんだけだと思ってたから」

「あっ、ハルコさんが来たわ」

向こうからグレイのスーツを着たハルコがやって来た。ここで待ち合わせた後、三人で食事をしようということになっているのだ。よく使う場所だから、ここの従業員とも顔なじみらしい。黒服の男が、ハルコと何やら言葉をかわしているが、その様子が本当に楽しそうだ。あのおばさん、いったいどういう魅力があるのだろうかといづみは考える。

「あら、もう二人いるのね。お待たせしたかしら」

「いいえ、久しぶりだったんで、私たちちょっと早めに来て話してたんです」

「あ、そうなの」

ハルコは優雅なしぐさでソファに座った。お茶をやっているだけあって、こういう動作はなかなかのものだ。しかしメニューを見て、

「今日はコーヒーは飲みたくないし……。だけど水だけっていうわけにはいかないわね」

ひとりつぶやく。

「ハルコさん、それなら紅茶にすればいいじゃないですか」

いづみが言うと、

「ドトールとかだったら、知らん顔も出来るんだけど、帝国ホテルだったらそうもいかないしね。仕方ないわ。紅茶にする」

やがてロングスカートのウェイトレスが、うやうやしくポットと茶碗を運んでくると、蓋に手をやって、あちっと叫んだ。

「それでね、真央さんのお見合いだけど、なかなかうまくいかないのよ」

「今、聞いたんですけど、相手の男の人、無理やり連れてこられたみたいだって……」

「そんなことないわよ。照れ隠しにそう言ってるのよ。そういうところが東大の限界よね」

ハルコは全く意に介さない。

「私はこのテで、四回お見合い成功させたわよ。人にはひと目惚れっていうのがあるんだから、それが出来なかったっていうのは、真央さんの責任ね」

「すみません」

「そして私ピンときたのよ。真央さん、好きな人がいるんじゃない」

「えっ」

真央は息を呑み、そしてたちまち顔が真赤になった。

「図星でしょ」

「すみません……」

「だけど相手は結婚できない男。やっぱりあなたも不倫してるの」

「いえ、相手は十年以上前に離婚してます」

「だったらいいじゃないの」

「でも、二人の子持ちだし……。オーナーシェフだけど高校中退なんですよ」

「何ていう店なの？」

「フルール・ド・リス」

フードライターという職業柄、いづみは聞かずにはいられない。

「もうじき星をとるっていう噂の店だわ」

「あら、いいじゃないの。いったい何がいけないの」

ハルコの問いに、真央はそれが……と言葉を濁した。

「子どもは高校生と大学生ですからもう手が離れるんですけど、彼が高校中退っていうのが……」

「東大出てる自分とは釣り合わないというわけね」

「まあ、親がそう言って大反対なんです」

「商業高校出の親が何言ってんだか」

「ハルコさん、それって差別発言ですよ」

思わずいづみはたしなめる。

「真央さんが早くそう言ってくれれば、私も無駄な時間遣わなかったのに……」

「すみません」

「あなた、こうなったらもうその男と結婚しなさい。子連れのバツイチ。どうせセックスがうまかったんでしょう。セックスが！」

「ハルコさん、こんなとこで声が大きいです」

いづみはハラハラしてあたりを見渡す。幸いなことに隣りは白人のテーブルであった。

「真央さん、あなたもどうせ、都会出身の本物のエリート東大生になれるわけないのよ。庶民出のたまたまの東大。そして二流のマスコミ……」

「ハルコさんったら」

「だったらあなたのそのコンプレックス、うまく落とし込みなさいね。あなたの劣等感とプライドをコントロールしてくれるのは、東大出の男じゃない。腕一本でやってきた男だけよ。私が言うんだから間違いないわよ」

「そうかもしれません」

「そうかもしれません、じゃなくてそうなのよ」

「そうですね」

「じゃ、三人でこれからその店へ行きましょう。私がじっくり相手を見てあげるわ」

「ハルコさん、人気の店ですよ。無理ですよね、ねえ真央さん？」

「恋人の頼みなら何とか席つくってくれるでしょ。今日は私、ご馳走になってもいいわよね。お見合いの時のお茶代やもろもろ、ぜーんぶ私が払ってたんだから」

ハルコはそれが当然と言わんばかりに、伝票を全く無視して立ち上がった。

ハルコ、愛人を叱る

「すっごいところですねえ……」

菊池いづみは、何回めかのため息をもらした。

今立っているところは、とんでもなく広いテラスで、そこから東京タワーと六本木の夜景が見えた。手を伸ばせばすぐ届きそうなくらい近くにだ。

「こんな六本木の真中に、こんなすごいマンションがあるなんて……」

傍の中島ハルコに話しかける。今日はハルコの友人のホームパーティーに連れてきてもらったのである。ホームパーティーというから気軽にやってきたのであるが、マンションのエントランスからど肝を抜かれた。体育館ほどの広さのロビーの奥に、女性コンシェルジュが三人もいるフロントがあるのだ。訪れた者はそこで確認を取り許可証を首から下げる仕組だ。びっくりするほどセキュリティは厳しい。というのもこのマンションには、有名な企業のオーナーや芸能人、政治家が住んでいるからである。

六本木に再開発で新しい商業ビルが出来たのは知っていた。しかしその後ろにひっそりと隠れるように、こんな豪華なマンションがあったとは……。

さっきスマホで確かめたのであるが、このマンションは億ションどころではない。最低価格が二億円する。テラス付きのペントハウスは五億二千万という値段であるが、ここがまさしくそうなのだ。

「お金ってあるところにはあるんですね……」

いづみは思わず、ありきたりの感想を口にした。一面ガラス窓の後ろの部屋ではパーティーが開かれ、五十人ほどの人たちが集まっていたが、そこで抜かれるシャンパンの銘柄を見ていづみは驚いた。クリスタルが無造作に供されているのだ。一本数万円するものである。

「こんなことくらい……。バブルを知ってる私としちゃ、そんなに驚かないわよ」

ハルコは鼻を鳴らした。五十二歳の彼女はバブルのまっただ中で生きてきたらしい。

「バブルの頃って、ハルコさんはもう会社を興してた頃ですか」

「いいえ、名古屋で二回めの結婚してた頃よね」

「それじゃあ、あんまりバブルを知らないんじゃないですか」

「違うわよ。あの頃はしょっちゅう東京に来てたわね。二回めの夫と離婚直前でそろそろ何かやらなきゃいけないと思ってたから」

「そうですか……」

悪いことを聞いたといづみは後悔した。二度めの結婚は、夫が他に女をつくって破綻したと聞いていたからだ。

「ちょうど私がITに目をつけ始めた頃よね。あの頃私にもっと資金があれば、三木谷よりも早くネットショッピングに手をつけられたと思うわね。私もパソコンを使っての買物が、近い将来主流になると思ってたんですもの」

「なるほど……」

ハルコの自慢話が始まる時は、きちんとあいづちをうつに限る。

「だからね、起業について勉強しようと、いろんな人に会いに行ったわね。パーティーに顔出して名刺渡したり、会った人には手紙を書いたりしたわ。あの頃、名刺配り歩く女はいくらでもいたけど、成功したのは私くらいじゃないかしら」

「へえーっ」

「ただ名刺配り歩く女とね、私とはあきらかに違ってたの。君とだったら何か一緒にしたい、とか言う人もいっぱいいたけどもね。私は今、そういう甘い誘いにのっちゃいけないと思ったわね。バブルは終わりかけてたけど、まだ世の中浮かれてた。今、安易に男の人の力で何かを始めたら、後できっと失敗するって、私にはわかってたのね。まあ、私はわかりやすい美人だったから、女を売りものにしてるってきっと言われるだろうし」

「ほーっ」

いづみはこの頃、あいづちもバリエーションをつけられるようになった。

「それからまだ正式に離婚してなかったっていうのも大きいかもね。人妻に言い寄ってくる男ってちょっと薄汚ない感じがしてたのよ。そりゃあ大変だったわよ。私のこと好きで好きで、ストーカーまがいの男も何人もいたわよね。それが一流企業のおえらいさんだからびっくりしちゃうわよ。中には、女房とは別れるからつき合ってくれって泣きつく人もいたりして」

「ひえーっ」

「あなたたちの世代はわからないだろうけど、あの頃、魅力的な綺麗な女がちゃんと働くって大変なことだったのよ。私がね、私が今ちゃんと仕事出来てて、人からも尊敬されてるっていうのは、この時きちんとしていたっていうことが大きいと思うの」

「わかります」

「そうはいってもねえ、毎晩すごかったのよ。おじさんたちが競って私をいろんなところへ連れていきたがるの。冬は河豚《ふぐ》なんか毎晩だったわよ。料亭にクラブ、突然香港にうまい中華食べに行こうって誘われたりね。まあ、私は泊まりがけの旅行は行かなかったけど」

「羨ましいです……」

「でしょう。私が今、ちゃんとした経営者としてここにいるのは、バブルをちゃんと乗り切ったからなのよ」

「ふうーん、いろんなことがあったんですねえ……」

途中でいささかめんどうくさくなったいづみは、手すりにもたれて東京タワーを眺める。今夜は「さくら」をイメージしているのだろうか、全体がピンクの光に彩られている。

「東京タワーをどれだけ近くで見られるかで、都心に住む人のお金持ち度がわかりますよね」

「そこへいくと、この部屋なんてトップクラスなんじゃないの」

よく事情を聞かされないまま、ハルコにこのマンションに連れてこられたのであるが、シャンパンもさることながら、招待客の豪華さに驚いた。モデルとおぼしき女性たちが何人もいるのは当然としても、よく顔も名前も知っているタレントや、一流半とはいえ女優、そして美貌で売り出し中のピアニストもいる。

「あの、ここのオーナーってどんな人なんですか」

「えっ、さっき紹介したでしょ」

「大貫《おおぬき》さんっていう方で、お名刺いただきましたけど、何をしているかよくわからないし……」

英語の小さな文字がずらずら並んでいて、外国風の暗い照明の中ではよく読み取れない。

「海外の投資をしている会社よ」

「なるほど」

「そういう会社は多いけど、大貫んとこはすごくうまくやってんのよ。個人資産二百億ぐらいはあるんじゃないの」

「ひえー」

今度は本当の〝ひえー〟が出た。

「このマンションだって住むためじゃないもの。あなたも見たでしょう。写真や絵がやたら飾ってあったのを。ここは大貫がコンテンポラリーアートを置くためだけの部屋なのよ」

「あー、さっき写真を見せてもらいましたよ。裸の女の人の白黒の写真とか、花の写真とか……」

「なんでもアメリカの有名な写真家らしいわ。だけどね、写真やオブジェなんて持ってたって、そんなに価値は上がんないわよ。やっぱり絵、絵よねえ……」

「ハルコさんは絵を集めてるんですか」

「集めてる、ってほどじゃないけど、パリやニューヨーク行った時は小さい画廊まわって新人のものを買ってくるわ。ほら、私って独得の勘とセンスがあるせいかしら、すぐに値上がりしちゃうのよね。みんなびっくりしてるわ」

「へえー」

今度は儀礼的なやつだ。

その時、

「ハルコさん、楽しんでますか」

という声がかかり、ふりかえるとそこに大貫がいた。白いシャツと黒いパンツという服装が、ぜい肉のない若々しい体によく似合っていた。年齢は四十代半ばというところだろうか。

「お酒はいいとして、料理がちょっと足りないんじゃないの」

「ケータリングでオードブルだけを頼んだんですよ。こういうところで食べる人はあまりいませんし……」

「私がいるわよ。今夜は何を食べられるか楽しみにしてきたのに……。あなたさ、自分がダイエットしてるからケチしてるんじゃないの」

「ひどいなア……」

と言いながら目は笑っている。不思議なことにハルコがずけずけ言えば言うほど、男たちは喜ぶのだ。

「私がいい人紹介してよかったでしょ」

「はい、ありがとうございます」

「あのね、私が大貫にうちでやってる個人トレーナー紹介してやったのよ。月に二十五万出すとね、週に二回うちに来てトレーニングしてくれるの。若い経営者はみーんなやってるわ。大貫、このあいだまでデブだったのに、ちょっと見ない間に引き締まったじゃないの」

「そうなんですよ。さっきもみんなに、何やってんの、すごい、って驚かれましたよ」

「うちの〝VIPトレイン〟せいぜい宣伝しといて頂戴。だけど大貫、ちょっとカッコよくなったからって、また女のことでごちゃごちゃしちゃダメよ」

「本当にハルコさんって、言いたい放題なんだから」

大貫は嬉しそうにくっくっと笑った。こちらも何かしているのだろうか。不自然なほど白い歯だ。この年齢の金持ちの男が、美容に費やす金というのは、なまじの女よりもずっと多いに違いない。

「大貫っていうのはね、最初の奥さんと別れる時、大変だったのよ。なんだかんだもめてね。そしてやっと若い女と再婚したらね、今度は別の女と不倫よ。ほら、いづみさん、いつも私はよく言ってるでしょ。一回離婚する男はね、二回、三回女房と別れることが出来るのよ」

「そうですかね……」

いづみは自分の苦い過去を思い出すことになる。

「本当にこのテの男は、女癖が悪いんだから。大貫、あんたさ、彼女のことどうすんのよ」

「どうするも何も……。今さら別れられないし、今のところうまくいってますよ」

「そう思ってんのは自分だけじゃないの。あのコは黙って耐えるタイプじゃないし」

話を聞いていると、別れられないのは妻の方ではなく、愛人の方だということがわかる。

「クミも来てますから、挨拶させますよ」

「へえー、こういう時にも招《よ》んでるのね」

「彼女とのことはみんな知ってる。そういう仲間だけを招んでますから」

部屋に呼びに戻る大貫の後ろ姿を見ながら、

「ハルコさん、あんなこと言っていいんですか……」

いづみは言った。

「何が？」

「大貫さん、愛人のこと言われるの、やっぱり嫌なんじゃないですか」

「そんなやわな男じゃないわよ。大貫はね、証券会社にいたぺーぺーの頃から知ってるけどね、あんなふうにへらへらやりながら仕事は出来るの。私に弱味いろいろ握られてて、まあ弟みたいなもんよ。最初の女房と別れる時も、私はさんざん相談にのらされてんだから」

「そういうもんですか……」

やがて大貫が白いワンピース姿の女を連れてきた。女は三十代半ばといったところだろうか。いづみが想像していたほどは美人ではなかったが、化粧が巧みであかぬけた女である。ワンピースも、ところどころレースがほどこされたヴァレンティノであった。この季節にノースリーブで腕をむき出しにしていた。ゴルフで灼けたとひと目でわかる二の腕だ。相当やっているらしく筋肉がはっきり見てとれた。

「わあー、ハルコさん、久しぶり」

女は大げさにはしゃいでみせた。

「あら、クミちゃん、元気そうね」

ハルコも愛想よい声を出すが、いづみにはそれがとても意地悪いものに聞こえる。自分がそういう立場だったこともあり、いづみはこういうことに敏感だ。しかしクミという女が自分と決定的に違うところは、全く「陰の女」ではないところである。こういうパーティーにも堂々ときているし、それに名刺には「代表取締役社長」とある。シロップやハーブを輸入する会社だという。

「便秘にものすごくきくハーブがあって、女性誌に取り上げられて大人気。今、ものすごく売れてるんですよ。ハルコさんにも菊池さんにも今度送りますね」

「私は生涯、一度も便秘になったことがないから大丈夫」

ハルコはおごそかに言い、いづみは確かにそんな気がすると思った。

話題は大貫と久美が、最近行ったニュージーランドに移る。仕事の打ち合わせに、彼は久美を連れていったらしい。

「あっちのゴルフ場ってものすごくいいですよ。まわりの景色が素晴らしくて、気持ちがせいせいするわよ。ねえー」

「あっちでムラタ産業のムラタさんも一緒にまわりましたよ。あの人、前ほど飛ばなくなったけど」

大貫はごく自然に久美の腰に手をまわしている。どこから見ても仲のいい夫婦だ。ハルコも同じことを考えたのだろう。

「あんたたち、そんなに派手なことして大丈夫なの」

忠告めいたことを口にした。

「またごたごたが起こるんじゃないの」

「もう起こってますよ」

大貫は苦笑した。

「ユリコとは、この半年別居してます。ハルコさんにはまだ言ってませんでしたけど」

「あら、そうなの」

ユリコというのは本妻の名だろう。

「子ども連れて実家に帰ってます。まあ、別れる気持ちはないようですけどね」

「そりゃ、そうでしょう。でも……」

ハルコが何か言いかけた時、久美が遮《さえぎ》った。

「私だったら別れますけどねえ」

不貞腐《ふてくさ》れたような口調は、男に聞かせるためだからである。彼女の気持ちが、長い不倫をしていたいづみには、手にとるようにわかるのだ。

「私が奥さんだったら、とっくに別れてると思いますよ。だってそうでしょ。夫に自分よりもずっと好きな人が出来たんですから、仕方ないじゃないですか。絶対に別れるな、私だったら……」

そう、そう。私もずっと同じことを考えていたっけ……。

その時、信じられないことが起こった。夜空に響けとばかりのハルコの怒鳴り声である。

「あんたさ、ふざけたこと言うんじゃないわよッ」

はっしと久美を睨みつけた。

「あんたさ、愛人でしょ。愛人なら愛人らしくもっと謙虚になりなさいよ。奥さんが可哀想と思わないのッ」

いづみも久美と同じようにぽかんとハルコを眺める。自分も妻子ある男とつき合っているではないか。もっとこうした女に理解とやさしさがあると思っていた。

「今日も大きな顔をして、奥さん面《づら》してこういうパーティーに出ている。噂はちゃんと届いてるわよ。少しでも奥さんの気持ちになってあげたらどうなの」

ひどいわ、と久美は歯を喰いしばっている。男の前で泣こうとしたようだがうまくいかなかった。あの技は若くなくては出来ないことだ。何でこんなこと言われなきゃいけないのよ、と捨てゼリフを残して立ち去ってしまった。

「大貫、追うことないわよ。あんたが甘やかすから、すごく調子にのってんだから」

「そりゃ、そうですけどね……」

驚いたことに大貫は全く怒っていない。そう困惑しているわけでもない。それが証拠に、通りかかった黒服の男の盆から、赤ワインを三つ取り、それと空になったシャンパングラスとを取り替えた。

――大貫の話。

ハルコさんにはまいっちゃうよなア。そうずけずけ言われると、久美も傷つくと思いますよ。ハルコさんが久美を気に入ってないのはわかります。時々は一緒にゴルフしたり、食事したりしてくれますけど、内心フン、と思っているのミエミエですからね。

久美はでも一生懸命ハルコさんにすり寄ってきたじゃないですか。あれだけコウマンチキな女が、ハルコさんには気を遣うのは感動的ですよ。あれは僕に対する気持ちっていうよりも、本当にハルコさんのこと好きなんじゃないかなア。よく言ってるもの。

「あれだけ好き放題生きていけたらどんなにいいかしら。まるっきり人に気を遣わなくて嫌われないっていうのは、やっぱりあの人、何かを持ってんのよね」

久美はね、他の女とちょっと違うんですよ。彼女の人生に僕は責任持たなきゃいけないっていうか……。

彼女と知り合ったのは今から、八年前、そう、ユリコと再婚してすぐの頃ですよ。ハルコさんも知ってのとおり、最初の女房と別れる時ごちゃごちゃがありましたよね。金も時間も使って離婚して、次の女と結婚してほっとひと息のはずだったんですがね。うまく言えませんけどね、この時離婚疲れしてたんですよ。子どもとも会えないようになって、こんなことまでして手に入れたい女だったのか。そこまでして欲しい人生だったのかとかいろいろ考えちゃった時に、不意に久美が現れたんですよ。

金持ちの親の金で何かしたいとか言うので、いろいろ相談のってやっているうちに仲よくなりました。ハルコさんも知っているとおり、ああいう気の強い女、僕は好みなんです。それから顎がとがってて唇の薄いところも、僕の大好きな顔です。

二年ぐらいつき合っているうちに、久美は別れると言うんです。僕がユリコと別れるつもりがないことに腹を立ててたんですね。ユリコに子どもが出来たことが決定的になるんです。

そしてよくある話ですが、自分ももう三十近いので、結婚すると言い出して見合

いをしました。彼女はあのとおり美人だし、家は資産家ですからすぐにまとまりま
す。クリニックを経営してる内視鏡で有名な医者と結婚したのは、あきらかに僕へ
のあてつけなんでしょうね。自分がその気になりさえすれば、すぐにこのレベルの
男と結婚出来るって……。
だけどこれは人の話ですけどね、相手の医者というのは醜男《ぶおとこ》だったそうです。確
かに爬虫類系の顔だって僕の弁護士も言ってました。ええ、弁護士ですよ。ハルコ
さんにはさすがに言えませんでしたけど、彼女の元《もと》ダンとはかなりごちゃごちゃが
あるんです。
久美は新婚旅行にハワイへ行ったんですよ。ハレクラニのセミスイートとって、
いよいよ初夜っていう時に、なにやら複雑な気持ちになったんですね。僕に電話を
かけてきたんです。その爬虫類が先にシャワーを浴びている間でした。
まあ、ドラマティックなことが好きな女ですから、
「やっぱりあなたのことが忘れられない……」
って涙ながらに訴えるんですね。ええ、
「あんな男にこれから抱かれるかと思うと、死にたくなる」
みたいなことも言いました。僕もさっさと切ればよかったんですけど、なんだか
のってしまい甘い言葉をささやき続けました。まあ、嫉妬もあったんですね。

「僕だって久美なしでは生きていけないよ」

とか、

「君が他の男のものになるのは耐えられない。気が狂いそうだ……」

とか。まあ、テレビドラマのようなことを二人で話し続けました。それを相手の男がずっと聞いてたんですね。

もう大騒ぎですね。次の日、二人別々に帰ってきました。男は弁護士雇って、婚姻届けの無効とか、慰謝料請求とかいろいろやったんです。僕も訴えるとか何やらあって、それで弁護士頼んだんですね。結局久美の親がホテルオークラの披露宴から、新婚旅行の費用すべて払った上に、慰謝料もつけてやっと和解したんです。よく週刊誌ネタにならなかったものだと、今考えてもひやひやします。

久美の親はもう怒り狂って、僕とはもう二度と会うなと言ってます。だけど彼女は未だに僕と別れない。もう三十四ですから、すごく焦っていると思うんですよ。プライドの高い女ですから、僕に離婚してくれと責めることはないですけど、さっきみたいについぽろりと言っちゃうんですよ。それが何だかいじらしいんです。ほら、僕は彼女の人生を狂わせたっていう責任ありますからね……。だから当分今のままの生活は続くと思います……。

「ふうーん、大変だねえ……」

三杯めの赤ワインを飲み終わったハルコは、小さなしゃっくりをしながら言った。

「でもいいじゃないの。大貫は仕事は出来るけど、男と女のことは優柔不断なのよね。ぐちゃぐちゃ悩むのが大好きなのよ。いいじゃないの、今の三角関係。あんたは仕事はバシバシ決定出来てるけど、私生活では出来ない。それでバランスとってんじゃないの」

「そんなことないですよ」

「そうなのよ。あの久美って女も性根が悪そうで、三角関係にぴったりよね。ここにいるいづみさんみたいに中途半端な性格だとね、あれこれ悩むけど、奥さんに自分の存在を知らせようとはしない。そうでしょう」

「ええ、まあ……」

「それで口惜しいやら情けないやらで苦しいけど、結局、自分で身を引いて一件落着。世の中の女がみんないづみさんみたいだと、男は助かるんだけどね。久美みたいなコだと、どうせ奥さんにあれこれしたんでしょう」

「そうです。まあ、直接あれこれしたわけじゃありませんけど」

「電話かけたりはしないけど、化粧品やらアクセサリーをあんたの荷物にまぎれ込ませて、こういう女がいますってアピールする……」

「ハルコさん、よくわかりますね」

「アホらし。女って五十年前からこういうことしてるんだから。それでおたくの奥さん、怒っちゃったわけでしょ」

「そうです」

「久美は奥さんも知る三角関係にもってきたわけね。まあ、こうなるとやっかいだわ。長びくわよー。私のまわりで、こうやってずるずる三十年、四十年つき合っちゃう男がいっぱいいるわよ」

「ハルコさん、脅かさないでくださいよ」

「社長やら会長で、こういうの何人も見てきたわ。よろよろのお爺さんになった時、最後は奥さんに看てもらおうと帰ってくるの。だけどね、そんな爺さん、奥さんだってもういらないわよ。子どもたちだって奥さんの味方で冷たくされるわけ。愛人の方も、とうとう籍入れてくれなかった男の、下の世話なんかまっぴら。そういう男の末路はあわれよねえ……。行き場所なくてうろうろ。高級老人施設に入れるのはまだいい方よ。奥さんにも愛人にもほっとかれて、ワンルームマンションで寝たきりっていう人、私知ってるもん」

「本当にやめてくださいよ」

大貫は顔をしかめた。先ほどまでの余裕ある苦笑いではない。

「大貫さ、そろそろ別れた方がよくない。あんたの会社だって、上場したばっかりなんですもの」

「そうですよ……」

「それだったら早くしなくちゃ。私はね、不倫が悪いって言ってんじゃないのよ。だけどね、あんたは少しあのコをつけあがらせたわね。今日のパーティーだって、あのコがやりたがったんでしょ。女主人としてふるまいたいのと、それから綺麗な女たちに、大貫は自分のものだと見せつけたいのよね」

「まあ……今夜のパーティーは、彼女が企画したものですが」

「だけどね、女だからへんなとこケチなのよ。どうせこの後、みんなどこかに食べにいくんだから、料理なんか出すことないわよ。オードブルだけでいいって久美は言ったんでしょ。だけど大貫は招んだ女たちからケチって言われたくないから、クリスタル抜いてる。久美はシャンパンの値段なんかわからないからね」

「図星ですよ」

「大貫、愛人がね、こっちの懐を考え出してケチになったら要注意よ。自分の取り分をちゃんと考え始めてんの。ふつう愛人っていうのはそうじゃない。短期決戦と思ってるから、いろいろ金を遣わせる。だけどね、将来をちゃんと考えてる女は怖いわよねえ」

「やめてくださいよ！」

「どうせ個人資産二百億あるんでしょ。一億くらいパッとあげなさいよ」

「二百億だなんて、何言ってんですか。うちの会社の規模でそんなにあるわけないでしょ。僕が持ってるものなんかほんのわずかなもんですよ」

「このマンションは何よ」

「これはゲストハウスとして買ったもんですし、コレクションは会社のもんですよ。ハルコさん、二百億円なんてやめてくださいよ。ハルコさんが言うと本気にする人が多いですからね」

大貫はそわそわし始めた。よほどハルコに言いふらされるのが怖いらしい。

「大貫、あんたによーく言っとくけどね、節税のからくり、愛人にも片棒担がせとくとあとで大変なことになるわよ。どうせ別れないだろうから、最後にこれだけは言っとくわ。愛人がさ、本妻顔するようになったらその男はオシマイよ。まわりからコケにされるだけだからね」

そしてハルコは東京タワーを背にして、大貫の方に向き直った。タワーの桃色の光が後光のようにさして、ハルコをまるで予言者のように見せている。

「大貫、私は女で失敗した何十人っていう男を見てきたの。あの部屋に入ってシャンパンを飲みながらよーく見なさい。あんたに色目使いにやってきた、綺麗な女がいっぱいじゃないの。あの中から新しいのを選びなさい。そっちの方があなたのためになる。私は断言してもいいわ」

帰り道、いづみは言った。

「今日のハルコさん、はっきり言いますが、私、びっくりしちゃった」

「そうかしらね。私、いつもあんなもんよ」

「他のことはともかく、男と女のことはアバウトOKと思ってました」

「これに関しては個人的なものが入ってるからね」

「個人的？」

「そうよ。私は大貫の会社の株を持ってるのよ。女や脱税で躓《つまず》かれたら困るじゃないの。だから今日は特別きつく言っといたのよ」

「ふう、本当に個人的ですね」

「あたり前でしょ。人なんかその時々でいい加減なこと言うのよ。だから人の忠告なんか本気でとることないのよ。私だって今日、おいしいものがいっぱい出てたら、もっとやさしいこと言ったかも……。ねえ、いづみさん、お腹空かない？」

「この近くにすごくおいしいうどん屋さんありますけど。かき揚げも炊き込みご飯も食べられますよ」

「うどん、いいわね。だけど五億のうちにお招ばれして、どうして帰りにうどん食べなきゃいけないのかしら。全くケチな愛人くらい、腹が立つものはないわね」

ハルコは思いきり顔をしかめた。

ハルコ、母娘を割り切る

岩盤浴の石の上に、菊池いづみとハルコは寝そべっている。バスタオルを巻いてこうして横たわっていると、汗がたらたら流れていくのであるがそれが何とも快い。

この岩盤浴の店は完全予約制である。八畳ほどの部屋に岩盤が敷きつめられ、他に清潔な脱衣場とシャワールームがついているのだ。

ハルコの会社は、ネットで美容院やエステ、ネイルサロンを紹介する。いろいろ特典をつけているのであるが、CMを流す大手に押され気味だという。そのために本業以外に、いろいろな経営に乗り出したのだ。エグゼクティブのための出張トレーナーは、ハルコの強引な売り込みと人脈で大あたりしたようなのであるが、その余勢を駆ってハルコは岩盤浴の店を買い取ったのである。

一時期は大流行していた岩盤浴であるが、このところ人気は下がり気味だ。ハルコに言わせると、

「衛生問題がどうのこうのって騒がれたけど、それよりも痩せないとわかったからじゃないの。そうなると人の心はパッと離れてくから。とにかく今の美容業界、痩せなけりゃダメなのよ。痩せるもんなら、どんなに高くたって行くわよ」

そして経営不振の岩盤浴サロンを買い取ったハルコは、別のことを考えた。カップル用の完全個室としたのである。中に広く清潔な脱衣場とシャワー室をつくり、用がない限り従業員も入ってこない。

「これってラブホテルじゃないですかね……」

いづみは思わず声に出して言ってしまった。最近改装した岩盤浴サロンがとても評判がいいので、ちょっと試してみない？とハルコに誘われてここにやってきたのである。

「そういえば、このあいだヘンなもんが落ちてたって言うけど……」

「ほら、やっぱりラブホ替わりに使ってんじゃないですか」

「ちょっとオ、人聞きの悪いこと言わないでよ」

ハルコは軽く睨む。化粧を落としているので眉がない顔には、それなりに老いがにじみ出ているが、バスタオルを巻いた胸のあたりは艶々となまめかしく、五十二

歳のハルコに恋人がいるというのも頷けるのである。うちはあくまでもちゃんとした岩盤浴サロンよ。

「おかしな噂立ったら困るじゃないのォ。うちはあくまでもちゃんとした岩盤浴サロンよ。だけどね、個室にする時にうんと料金高くしたわけ」

「えー、どうしてですか」

「だってね、貧乏人に使われると困るじゃないの。ラブホテルに行くお金がないカップルがそれ替わりに使うんじゃなくてね、お金もあっておしゃれなカップルが、面白がって来てくれるようにしたわけよ。そりゃね、裸の男女が寝っころがってんだから、むらむらしちゃうのも仕方ないわよね。だけどね、同じむらむらでも、お金払ってる人たちだとそう薄汚なくならないでしょ。うちはね、一回一回綺麗に洗うのも売りなのよ」

「なるほどねえ」

いづみは再び目を閉じる。じわじわと体のしんまで温かくなり、汗が体のあちこちに吹き出るのがわかる。

「私ね、つらいこととか、嫌なことがあるとあの日のハルコさんの話を思い出すんですよ」

「あの日って……」

「あの大震災の日ですよ」

「ああ、あのことね」

ことなげに言った。

あの時ハルコは、仕事の打ち合わせのためにタクシーで渋谷へ向かっている最中だった。最初はボンネットに誰かが乗って、揺らしているのかと思ったという。しかし電信柱どころか高いビルまでがゆらゆらと揺れている。

「こりゃあ、お客さん、地震ですよ、それもかなり大きい……」

運転手の声は震えている。

「そうみたいね」

「お客さん、悪いけどここで降りてくれませんか。ちょっと大変なことが起こったみたいで」

「何言ってんのよ」

ハルコは怒鳴った。

「あなた、プロの運転手なんでしょ、だったらちゃんと目的地まで連れていきなさいよ」

しぶしぶ運転手はそのまま走り、ハルコを駅に近いビルに降ろしたが、その時はまだ大渋滞は始まってなかったという。

そうしてたどりついたビルであったが、電気はついていたもののエレベーターは停まっていた。

「全くどうなってんのよ」

ハルコはぶつぶつ文句を言いながら六階まであがったが、訪れた会社は書類が棚から落ち大混乱の最中だ。社員も避難させ始めていてとても打ち合わせどころではなかった。

申しわけない、と担当者から頭を下げられて送り出されたハルコであったが、問題はそれからだ。ビルに入っていたわずか三十分の間に街の風景はまるで違ったものになっていたのである。まず空車のタクシーが一台もなくなった。ビルで働いていた人たちが一階に降りてきたから、舗道は人で溢れていた。

自宅に帰るためにハルコは、タクシーをつかまえようとしたがすぐに無駄なことだとわかった。すると向こうからゆっくりと走ってくる「小熊急便」のトラックがあった。彼女は遮るように前に立った。

「危ないじゃないですか」

運転手が大きな声を出した。あたり前だ。

「ねえ、この車どこへ行くの」

「どこって……三宿の営業所に帰るんですけど」

「よかったわ。ちょっと乗せていってよ」

「……」

　若い運転手はしげしげとハルコの顔を見つめた。

「おばさん、冗談はやめてくれよ」

　という言葉をぐっと飲み込んでいたに違いない。

「うちの会社の規則で、助手席に社員以外の者を乗せてはいけないことになっています」

「だって、こんな非常時なのよ」

「とにかく規則は規則ですから」

　トラックはゆるいスピードで走り去ってしまった。が、そこで諦めるようなハルコではない。ケイタイを取り出しつながらないことがわかると、近くのビルの中に入った。そこには公衆電話があったからだ。そして小熊急便の秘書課を呼び出す。

「ちょっと副社長のクラタさんを呼んで頂戴、ビュー・コンシェルジュの中島ハルコと言えばすぐに出るはずだから……」

「そして四十分後に、小熊急便のトラックがやってきたんですよね」

「そうよ、そして助手席に乗っけてもらって、六時間かけて下馬のうちに帰ったわけ」

「本当にすごいですよねー」

いづみは深いため息をついた。

「私、この話を皆にするけど、ほとんどの人が呆然としますよ」

「そうかしらね、私はただ家に帰りたかっただけなんだけど」

「あの日、東北から遠く離れた東京でも、みんな不安と恐怖で沈んでたんです。私は神田の出版社から歩いてうちに帰りました。五時間かかりました。なんかつらくてつらくて、この先どうなるのかと考えると涙が出て仕方なかったです。おそらくハルコさんは、あの日東京中でいちばん図々しくて非常識な行動をとったんですね」

「あら、その言い方ひどいわ。喧嘩売ってんの」

「いえ、最初は呆れてびっくりしました。だけどみんな不安で不安でどうしようもない時に、あれだけすごい常識はずれの行動をとる人がいたんだって……。なんか感心しちゃうんですよね。もう常識なんかふっとんで、自分のことだけ考えられるのってすごいですよ。あの、ハルコさん、質問していいですか」

「いづみさん、いつだって私に質問してるじゃないの」

「あの、ハルコさんのお母さんっていったいどんな人なんですか」

「どうしてそんな質問するのよ」

「いやあ、ハルコさんみたいな性格、いったいどんな風にしてつくられるのかと、ちょっと知りたくなったんですよ」

「そう……うちの母親ねえ……私にそっくりな性格よ」

「やっぱり」

「やっぱりとは何よ。まあ、二人ともそっくりな性格だからすごく仲が悪いわけよ」

「わかります」

今日は決しておざなりでないあいづちがうてた。

「私もね、もっと名古屋に行ってやりたいと思うんだけど、会えば必ずケンカになっちゃうの。世の中にこれだけ自分勝手でわがままな女がいるのかって」

「ハルコさん、わかってるじゃないですか」

「それでね。私はもう行かないことにしたのよ」

「でもハルコさん、お兄さんいるんですよね」

「そうなのよ。あんな性格だから同居は無理だって兄も思ってたんだけど、まあ近くに住んであれこれめんどうをみてくれてたのよ。だけどね、兄のお嫁さんともうどうにもならなくなってね。もう親子の縁切ってほしい。そうでなかったら離婚するって」

「わあー、大変」

「しかもね、持病のリュウマチが悪化して杖の生活よ」

「えー、お母さまおいくつなんですか」

「私は二十五歳の時の子どもだから、今七十七よ。本当に気が強くてわがままな婆さんでね。気の合わない大嫌いな嫁の世話になるくらいなら、野垂れ死にした方がずっとましって言ってんのよ」

「ふうーん」

会ったことのないハルコの母であるが、たやすく想像出来そうだ。

「と言ってもね、うちの母は父親の残したものがちょっとあるのよ。それでね、兄と私が話し合って相続放棄をしたわけ。そしてね、うちの母親は家を売って全部で一億のお金を手にしたわけよ」

「一億ですか。すごいですね」

「でね、名古屋でいちばん高い介護つき施設に入ったわけ。ここは入所の時に三千万かかったのよ。毎月三十万いるんだけど、とにかくめちゃくちゃな女だから、施設の人たちともうまくいかないわけ。それでね、昔からうちにいたお手伝いさんを通わせてるわけよ。うちは家族がまるっきり行かないから、彼女があれこれめんどうみてくれるの。その人のパートのお給料が二十万円」

「すごいですね」

「なんだかんだで年に七百万かかるんだけど、あと十年だけ生きるって言うの。ちょうど計算が合うように使い切って死ぬから好きなようにやらせてくれって。それでね、私もこの頃は没交渉にしてるのよ」

「だけどハルコさん、親子ってそんな風に割り切れるもんですかね」

「親子だからこそ割り切らなきゃいけないんじゃないの」

ハルコはミネラルウォーターをぐいと飲みながら言った。

「私は子どもがいないから特にそう思うのかもしれないけどね。この頃親にひきずられる人を見るといらいらしちゃうのよ。どうして大のおとながあんなに親に自分の人生踏み荒されちゃうのかってね」

「ハルコさん……」

いづみはがばっと起き上がった。

「ハルコさん、また人生相談よろしくお願いします」

いつもの帝国ホテルのランデブーラウンジである。いづみと共にいるのは、中年というにはまだ早い年齢であるが、いささか野暮ったい服装と体型がややフケて見える感じの女である。

「上原美樹《うえはらみき》と申します」

「美樹さんは私の飲み仲間なんです」

「私といづみさん、近くに住んでいて、いきつけのスナックが同じなんですよ」

「そこはね、ちょっとユニークなママがやってるんですよ。といってもハルコさんほどじゃないけど。そこでね、定期的にワイン会をやるようになって、美樹さんと親しくなったんです」

「私、お酒が大好きで、特にワインには目がないんですよ」

「ふうーん、そんなおしゃれな趣味あるようには見えないけど」

ハルコは無遠慮に美樹を眺める。

「ちょっとオ、ハルコさん……」


――上原美樹の話。

いいんです。そうですよね、私なんかがワイン大好き、なんて言うと笑っちゃいますよね。でもこの十年、お酒を飲むので救われました。特にいづみさんとワイン飲みながら、ああだこうだ言うのは本当に楽しかったです。私は一回何か始めると凝る方なんで、すごく勉強してソムリエの資格をとったんです。といっても今さら転職するわけにもいきません。

その名刺にも書いてあるとおり私は小さな財団の秘書をしております。まわりは天下りしてきたおじさんばかりの職場ですが居心地もよく、給料も悪くありません。

　女子大を出た年はもう就職難が始まっておりましたので本当に大変でした。父親のコネで入れた職場ですので、私もきちんと勤めてきたつもりです。

　就職と同じようにうちの両親は、私の結婚にもそれはそれは心を配ってくれました。うちの父はその頃、ある企業の上の方にいましたので、縁談にも不自由はなく、幾つも話は持ち込まれたのです。私としては高望みをしたつもりもないのですが、なんとなく縁がなくこの歳まで一人でやってきました。

　しかし、ふた月前のことですが四十歳になり、ふと考えたんです。このまま一人で死んでいくのかなと。私は恋愛めいたことがなく、学生時代にしばらくおつき合いしていた人がいたぐらいです。このまま結婚もせず、子どもも持たずに生きていくのはあまりにも淋しいかなと。職場でもそういう女の人が何人かいます。ひからびて、温泉とたまの海外旅行が何より楽しみのおばさんグループを見て、

「まだ間に合うんじゃないか」

　って突然思ったんです。

　だけど今の私に、男の人と知り合うチャンスなどありません。ワイン会で出会うのは妻子ある人ばかりです。私は不倫は嫌いですし、今さらする年齢的余裕もありません。

そして私は自分に言いきかせました。

「愚図愚図しているうち時間はたっていくだけで、お前はもう四十、そしてすぐ五十歳になっていくんだぞ」

と……。

私にどうしてそんな勇気があったのかわかりませんが、結婚相談所に行ったのです。ああいうところはびっくりするぐらい料金が高いのですが、迷うことなく貯金を崩して入会しました。そして一人の男性を紹介されたんです。丸山さんと言って四十七歳の人です。メーカーに勤める方です。奥さんと十年前に離婚して、ひとり娘さんはあちらにひきとられたそうですが、今度結婚をしたそうです。その結婚披露宴に招かれとても嬉しかったそうで、ひとつの決心をしたそうです。

「これでひとつ責任を果たした。これから自分の人生を生きてみよう」

って。つまり彼と私は同じ頃に同じことを考えて、あの会に入会したんです。

高校しか出ていませんし、エリートという人ではありません。ただとても優しく誠実な人なんです。会って話をしていると、あっという間に時間がたつんです。毎晩お休みのメールをくれ、会って四回めにプロポーズされました。本当に私は嬉しくてすぐにOKしたんですけれども、驚いたのはうちの両親です。

だってつい先日まで、

「あなたが結婚してくれなければ、死んでも死にきれない」

「帰ってきても構わないから、一度は嫁いで頂戴」

としつこく言っていた母親までが、私の結婚に大反対なんです。そして、

「結婚相談所に入ってまで結婚したかったのか」

と涙ながらに言うんですよ。

「恋愛でどうしても、っていうのならまだ話はわかる。お金を出してまでインチキ結婚相談所へ行き、そこでヘンな男にひっかかるとはどういうことか」

とえらい剣幕なんですよ。

私の行った結婚相談所は有名なちゃんとしたところですし、丸山さんもヘンな人ではありません。それなのにこのところ、

「そんなことまでして男が欲しいか」

と色キチガイのようなことを言われ、つくづくイヤになってしまいました。

しかも私のきょうだいがあまり味方になってくれないんです。私には兄と妹がいるんですが、二人ともとうに結婚して子どもがいます。私だけ家に残って両親と暮らしているんです。

妹だけは味方になってくれると思っていたのですが、

「お父さんとお母さんの気持ちもわかる。裏切られたと考えてるんじゃないの」

などとわけのわからないことを申します。いったい私はどうしたらいいのか、本当にこれほど悩んだことははじめてなんですよ……。

「あなたは逃げ遅れたのね」

ハルコはおもむろに言った。

「逃げ遅れるってどういうことですか」

「そうよ。他のきょうだいはさっさと自立っていう逃げをしたのよ」

「そんな……」

美樹はむっとした顔になる。

「あのね、親っていうのは娘が三十五歳ぐらいまでは必死で結婚させようとするのよ。でもそれも親のエゴイズムよね、自分のうちの娘が嫁《い》き遅れた、って言われたくないの。だけど娘が三十五過ぎるとある程度諦めも出てくる。そして自分の体も弱ってくる、するとね、一人ぐらい家に残してめんどうをみてもらうのもいいかなって思い始めるのよね」

「うちの親はそんな人たちじゃありません」

「おたくの親じゃなくて、世間の親がそうだって言ってるの」

ハルコはぴしゃりと言った。こういう時の彼女は気迫が満ち満ちていて、この人が道でとおせんぼをすれば、どんな車も停まるだろうといづみは思った。

「それをね、察しのいい子どもはわかっているのよ。だからおたくのお兄さんも、妹さんもさっさと家を出たんじゃないの」

「…………」

「おたくのご両親は幾つなの」

「父親が六十八。母は六十六です」

「まだ六十代じゃないの」

ハルコが呆れたように言った。

「それなのにどうして子どもにすがろうとするのかしら。あのね、親っていうのはほっぽり出せば、ちゃんと自分たちでやるものなの、今は社会保障だってちゃんとしている。もうちょっとすればヘルパーさんだってつけてくれる。六十代ならどう考えたって、二人でふつうに暮らしていける年代じゃないの。それなのにどうしてあなたはためらうのよ」

「だって、自分の親ですからね、ほっとくことは出来ません」

「ほっとくんじゃないの。あなたは逃げなきゃいけないの。そもそもこの世の中の悪いことの半分は、親が原因で起こってんだから」

「えーっ！」

いづみと美樹が同時に声をあげた。

「そうよ。昔の親は六十代で死んだけど、今の親は八十代、ヘタをすれば九十代まで生きる。だからややこしいことになっているの。いい、人っていうのは、親のめんどうをみるために生まれてきたんじゃないのよ。自分の人生を生きるために生まれてきたのよ」

「ハルコさん、いいことを言いますよね」

「そうでしょ」

ハルコは得意になった時の口癖が出た。

「今話を聞いてるとたいしたことはなさそうな相手だけど、美樹さんはとにかく男を見つけたんでしょ。どうよ、男は親よりずっといいでしょ」

美樹は恥ずかしそうに頷いた。

「あったり前よね。男はやさしいしセックスだってしてくれる。親が抱っこしてくれてやさしくしてくれた記憶は、男が抱いてくれているうちは忘れるものなの。親のことを有難い、懐かしいって思う気持ちは、男が抱いてくれなくなってやっとわくものよ。だからその時に親が生きていてくれれば、やさしくしてあげればいいじゃないの。わかった？　美樹さん、あなたはとにかく親から逃げること。そして自分の幸せを見つけることを考えなきゃいけないのよ」

「わかりました……」

美樹は深く頷いた。

二人は銀座六丁目のダイニングバーにいる。この店は女性が好きなピザやサラダといった料理がおいしく、酒の種類も豊富でとても人気があるところだ。いづみは何度か店に行ったが席が空いていない。並ぶのも嫌なのでそのまま帰ってきてしまった。

「へえー、ハルコさんはもうここに来てるんですね。ハルコさんでも並ぶんだからよほどおいしいんですね」

「あー私、並ぶの大嫌いだから。そんなことしたこと一度もないわよ」

ハルコはすばやくケイタイを取り出し、誰かを呼び出した。

「もしもし、キムラ、いまおたくの店にいるのよ。えっ、銀座のあのおたくの店よ。え、名前がわからない？　えーと……」

「まりもクラブですよ」

「まりもクラブよ。あんたさ、いくら本業じゃないからって、自分の出した店の名前ぐらいちゃんと憶えときなさいよッ。わかった？」

なんとハルコはケイタイに向かって叱り始めたのだ。

「そしたらどうよ、まだ五時半だっていうのに行列が出来てんの。そう、三、四人だけどね、私はあなたが知ってるとおりすごく忙しいんだから席をつくってくれない。そうよ……。二人。窓際なんて言わないからすぐにつくって。わかった？」

彼女がケイタイを切って一分もしないうちに店長が飛び出してきた。

「中島さま、お待たせして申しわけございませんでした。いまキムラから電話がありまして……」

通されたところは個室で、なんとすぐにシャンパンが出てきた。

「ご迷惑をおかけしたおわびに」

ということであった。

「ハルコさんって、いつもこういうことをしているんですね」

「まあね」

「こういうことばっかりしていれば、そりゃあ女王様にもなりますよね」

「まあ、今のうちだけよ。私がまだ若くてイケてるから、社長連中がちやほやしてくれてるからね」

「そういうことを、何のてらいもなく言うのがハルコさんのすごいとこですよ」

いづみはシャンパンを口にした。まあまあの味であった。

「キムラっていうのは、ＩＴの会社やってる社長よ、今儲かり過ぎて困るから、飲食店やたらと買いまくってるの。だけどね、自分の店の名前を忘れるなんてまずいわよね。今度がつんと言ってやらなきゃ」

「あの、私、この頃よく思うんですけど、どうして世の中の力を持っている男の人って、ハルコさんの言うことを聞くんですかね。そのキムラとかいう社長といい、小熊急便の副社長といい、私は不思議でたまりませんよ」

「私だってわからないわよ」

ハルコはシャンパンを口にし、

「まあまあね……」

といづみと全く同じ感想を漏らした。

「ただ男はね、強い女が好きなのよ。ダメ元でとにかく強く要求する。するとね、たいていのことはかなうし、こうしてシャンパンが出てくるのよ」

「まあ、誰にも出来る技じゃありませんけどね」

「あたり前よ」

二人はやがて運ばれてきた白身魚のカルパッチョを食べ始めた。

「でも美樹さん、ちゃんとご両親から逃げられるんでしょうかね」

「無理なんじゃないの」

「えーっ」

「あの人のもっさりした感じっていうのはね、一朝一夕になるもんじゃないのよ。親に長いこととらえられた娘の典型的な格好をしてるわね」

「そうでしょうか」

「あの野暮ったさっていうのは、もう逃げられないとみたね。まあ、相手の男がよっぽど強く出たらわからないけど、五分五分っていうところかしら」

「でもいい人みたいだし」

「だけど結婚相談所で知り合った高卒の男よ」

「ハルコさん、それって差別じゃないですか」

「いいじゃないの、あなたと二人しかいないんだから」

「そりゃそうですけど、ハルコさんあまりにもズバリ言うから、私は胸がドキドキしちゃいますよ」

「あの美樹さんは、きっと男がもの足りなく思う時がやってくるはず。優しくて誠実な男なんかいくらでもいるもの。他にいろんなものを持っている男が優しくて誠実だから値打ちがあるのよ。何にも持ってない男が優しくて誠実なんてあたり前じゃないの。でもあの美樹さんが、親から逃げるきっかけになってくれればそれだけでもいいじゃないの」

「そうですよね。私だってハルコさんと出会って人生変わりましたもん」

「そうですよ。パリでハルコさんと出会わなかったら、彼とずるずるまだ続いていたと思います」

「あら、そう」

「それで新しい男は出来たの」

「まだですよ……。なんか後遺症はまだ残っていて」

「あなたももう若くないんだから頑張らなきゃダメよ。美樹さんにしてもまだ子どもの一人や二人は産めるでしょう。女はね、ずるずるだらだら毎日をおくってちゃ本当にダメよ。どっかでギアを変えなきゃね、男だってそうだけどね、まあ女の方がギアは変えやすいわよね。男を変えるだけで人生変わるんだから」

「本当にそうかもしれませんね……ところでハルコさん、最近恋愛どうですか」

「まあねえ……」

ハルコはうかない顔をした。

「あっちもトシだし、もう汐どきかなあと思うこともあるわ」

「ハルコさんにしたら淋しいお言葉」

「さっき美樹さんに言ったじゃない。男に抱かれなくなると親のことが恋しくなるって。この頃ねえ、母親のことをちらっと考えたりするから、これはまずいなあって考えるわけよ」

「そうですか。それはふつうの感情だと思いますけど」

「うちのいやな母親だけど、本当にいやな婆さんに徹してくれて、私を逃げやすくしてくれたってふと思う時もあるけど、まあ、私たち母子にそんなセンチメンタリズムは似合わないわね……」

が、すぐにいつものハルコに戻った。

「ちょっとオ、白ワインでも頼もうか、キムラがやってるこんな店、どうせたいしたものは置いてないと思うけどさ。多分キムラは私に払わせないわよ。そうよ、いつもお世話してあげてるんだもの」

ハルコ、セックスについて語る

一杯めだけにしておけばよかったと、いま菊池いづみは後悔している。

イタリアンレストランから、ワインバーへと場所を移したのであるが、酒を飲みながら女二人で語ることといえば、恋の惚気《のろけ》か愚痴に決まっている。それもどちらかがやたら喋ることになっているのだ。

大学時代の同級生である大江《おおえ》怜奈《れな》は、一度離婚している。その後、恋の苦悩と喜びとがどっと来たのだそうだ。

「私つくづくわかったんだけど、バツイチ女のモテ方ってハンパじゃないのよね」

少々呂律《ろれつ》が怪しくなった声で言う。

「仕事先の人から、会社の後輩まで声をかけてくるのよ。バツイチ女って、よっぽどゆるいって思われてんじゃないかしら」

怜奈は決して美人ではないが、垂れ気味の目と小さな唇とが不思議な魅力をかもし出していて、男子学生にとても人気があった。卒業後は旅行会社に就職して、そこで知り合った男性と結婚した。披露宴にも出席したいづみは、三年とたたないうちに別れたと聞いて驚いたものだ。いちゃついているところをさんざん見せつけられていたからである。別れた理由を、

「やっぱり結婚に向いていないことがわかったから」

と怜奈は言う。

「随分上から目線ね。そういうセリフって、女優が言うもんだと思ってた」

いづみがからかうと、

「だってさー、つき合っている時はよかったんだけど、一緒に暮らすと、イビキはうるさいし、大きいのした後のトイレがくさい。とてもやってられないと思っちゃった」

今つき合っているのは、七歳年下の男だという。

「若いコはいいわよ。ニオイが綺麗だし……」

何か思い出したのか、うっすら笑う。

「何よ、イヤらしいわね。エロい笑い浮かべちゃって」

「何言ってんのよ。いづみだってさ、年上のオヤジとつき合って、いろんなことを

教わってるんでしょ」

「彼とは別れたわよ」

「へえー、知らなかった。だってさ、昨年会った時にはさんざん愚痴ってたじゃん。別れようと思うのにうまくいかないって愚痴られてさあ。私さ、不倫って本当にめんどうくさいなアってつくづく感じたわね」

「ちょっと怜奈、あなた声が大きいわよ」

隣りのカップルがちらっとこちらを見た。三十代の女が二人、露骨な会話をかわして、といった風に睨まれた。こんなことには慣れているが……。

その時、いづみのスマホが小さく震え出した。表示を見る。中島ハルコからだった。

「ちょっと失礼」

スツールから降り、店の扉を押した。雑居ビルの廊下に立つ。スマホはまだ鳴り続けている。画面には12：20という文字が映っている。

「ハルコさん、どうしたんですか。こんな時間に」

「ちょっとオ、すぐうちに来てよ！」

電話の向こうから、ただならぬハルコの声がした。

「いったいどうしたんですか」

「今、今……うちに帰ってきたのよ。そうしたら……」

ここでしゃっくりのような音が出た。

「空き巣に入られてたのよッ！　ひっく」

初めて足を踏み入れたハルコのマンションは、予想以上の豪華さであった。広いリビングルームには、趣味のいいダイニングテーブルや飾り棚が置かれ、その上には、さりげなく骨董品とおぼしき壺や茶碗が飾られていた。

が、入った空き巣はそういうものには目もくれず、ハルコの宝石類を狙ったのだ。

「家に帰ってきた時に、何かヘンだなアと思ったんですよ」

ハルコは刑事に語っている。

「電気をつけたとたん、いつもと違うって思ったんです。そして着替えようと寝室に入ったら、鏡の上や引き出しがぐちゃぐちゃになってたんです」

興奮していつもよりもずっと早口になっている。

「でもこんなちゃんとしたマンションですよ。まさか空き巣が入るなんて思いますか」

「犯人はここから侵入したんですよ」

坊主頭の刑事は、リビングルームの隅にある小さな窓を指さした。あかり取りのための小さな窓は、半分開いている。

「こんな小さなところから入ってきたんですか！」

大きな声をあげたのは怜奈である。真夜中のことだったので、いづみは彼女についてきてもらっていたのだ。

「頭さえ入れれば、やつらはどんなところからでも入ってきますが……それでは中島さん、調書をとらせてもらっていいですか」

「はい」

「盗《と》られたものわかりますか。だいたいの値段を教えてください」

「えーと、パールのネックレスが百二十万円、サファイアのネックレスが八百四十万円、ルビーのネックレスが四百八十万円……それからダイヤの指輪が二つで、ひとつは七百万円、もうひとつは二百万円ちょっと……」

ハルコは宝石の値段をすべて憶えていた。

「それじゃあ、総額は七千二百万円っていうことですかねぇ」

「すっごい！」

思わずいづみは声をあげた。

「ハルコさんって、ものすごくたくさん宝石を持ってたんですね」

「過去形で言わないで頂戴」

ハルコはいまいましそうに言った。

「私、びっくりしたわよ。模造のパールやおしゃれなアクセサリーがいっぱいあったのに、空き巣は本物の宝石だけをちゃんと選んで持ってったのよ」

「そりゃあ、プロの仕業だからですよ」

刑事が言う。

「このあたり最近外国人の窃盗団が出没してるんですよ。先日も近くのマンションで被害がありましたよ」

「それでもどってきたんですか」

「いやあ、彼らは盗んだものはバラバラにして、すぐに海外へ持ち出すんですよ」

「えっ、じゃ、私のサファイアのネックレス、バラバラにされちゃうんですか」

「そりゃあわかりませんけど、そうなる可能性は高いっていうことですね」

「ひどいわ……クイッ」

ハルコは何か言いかけたが、まだ酔いが抜けないのかかすかなしゃっくりをする。

「大家がいけないのよ」

突然叫んだ。

「セキュリティを入れるのをケチるからこういうことになるんだわ。ねえ、刑事さん、こういう場合は賠償金を貰えますよね。だってそうでしょ。大家がちゃんとしてないから空き巣に入られたんですから」

「まあ、そういうことは、私たちは関知してませんので」

と調書を書き終えた刑事は、警官二人と共に早々と帰ってしまった。

「ハルコさん、私たちもそろそろ帰りますよ。もういいですよね」

「そうねえ……。もうしてもらうこともないし」

「最初から私たちがすることは何もなかったんです」

これはイヤ味というものだ。

「そりゃあそうだけど、やっぱり心細かったからいてくれてよかったわ。ありがとう」

ハルコにしては殊勝なことを言う。

「だったらお茶の一杯も飲ましてくださいよ。私たち喉がカラカラ」

「そうね。お茶ぐらい淹れるわよ」

ハルコは紅茶を淹れてくれたうえに、ヨックモックの菓子を皿に入れて出してくれた。茶碗はウェッジウッドの品のいいものだ。ハルコの趣味はいたって穏やかなものであるが、言動はまるで違っていた。

「何だかまだぼうっとしてるわよ。これが現実でなきゃと思うわよね」

「ハルコさん、そんなにがっかりしないで。きっと宝石類は出てきますよ」

「そんなことないって。あの刑事も言ってたでしょ。ああ、口惜しい……。ひとつずつ買って大切にしていたものばっかりよ。ダイヤは前の亭主に買ってもらったものだし……」

「そりゃあ、口惜しいですよね」

「真珠のネックレスはね、私が会社をつくった時に記念で買ったもんよね。ほら、会社のえらいさんたちとつき合うとやたら葬式が多くなるから、いいもの買おうと思って銀座のミキモトで買ったのよね……」

「ミキモトなら、なおさら口惜しいですよね」

「そうなのよ。宝石は女の歴史よ。ひとつひとつに大切な思い出が詰まってるもんなのよ。それがあの大家のせいで……。そうよ、このくらいのマンションならセコムに入るのがふつうなのに、それをケチってたばっかりにこんなことになるのよ」

ハルコのあまりの落ち込みぶりがいづみにはおかしい。いつもどんなことがあっても動じぬ女であるが、宝石を盗られたことでこれほどこたえているのだ。やはりケチな女はものに固執するのだと、いづみはなんだか笑いがこみ上げてくる。口調が明るくならないように、つとめて低い声で慰めることにした。

「ハルコさん、日本の警察を信じましょう。きっと戻ってきますよ」

「ふん、日本の警察ぐらいあてにならないものはないわね。私が前にひったくりに遭った時も、おざなりの捜査だったもの」

「えー、ハルコさん、ひったくりに遭ったんですか。いつのことですか」

「五年前のことよ。うちに帰る途中でハンドバッグひったくられたのよ。その時、こんな真夜中におばさん一人で歩いている方が悪い、みたいなこと言われてね。カーッとなって警察署長に電話してやったわよ」

「えー、警察署長にですか」

「そうよ。国会議員の知り合いにあらかじめ電話させといたけどね」

「いつも権力を使う。うーん、ハルコさんらしいですね」

「あったり前よ。そのくらいのことしなきゃ組織なんか動かないのよ」

「でもそのくらいの元気があったら、ハルコさん、宝石なんてもっといっぱい買えますよ。盗られたものよりももっとすごいものいくらでも買えますってば。だから盗られたものは、くよくよしないですっぱり諦めましょうよ」

「何言ってんのよ。今言ったばっかりでしょう。宝石は女の歴史なのよ。買ってくれた男や、買った自分の思い出も入ってるの。それにこの不景気、昔みたいに買えるわけないでしょ」

「だけどねえ……」

次の言葉に困ったいづみは、ついこんなことを口走ってしまった。

「さっき刑事さんは、外国人のプロかもしれないって言ってたじゃないですか。ハルコさん、もし、家に帰った時に誰かがいて、ナンカされたらどうしますか？　取り返しのつかないことになったはずですよ」

「何言ってんのよッ」

ハルコはぱっと顔を上げた。

「強姦なんて十五分か二十分、目をつぶってりゃ済むことじゃないの。だけど宝石は一生なのよ。盗られたら一生無いのよッ」

あまりのことに、いづみはしばらく声が出ない。

「ハルコさん、それ、本気で言ってるんですか」

「もちろんよ！」

しゃっくりは止まり不貞腐れ気味にしているハルコは、それなりに色香があり、五十代でも襲われるかもしれない可能性を漂わせていたが、

「そんなこと、本気で言う女の人って信じられない」

「そうかしらね。少なくともここに一人いるけど」

「そんなの、本気で恐いめに遭ったことないからですよ」

「もう、うるさい。私、本気でそう思ってるから仕方ないじゃないのッ」

「あの、中島さん、ちょっといいですか……」

今まで黙って二人のやりとりを聞いていた怜奈が初めて口を開いた。

「私、小学校の時に年上の従兄にいろいろされてたんですよ。そのことの意味がわかるのは、十六歳の初体験の時なんですけどね。そうか、そういうことかって思うようになって。それからですかねえ、私ってちょっと他の人とは違うなあって思うようになったんですよ。よく本を読んでいると、『めくるめく快感』ってあるじゃないですか。私、どういうことかよくわからないんですよ。気が遠くなってバラ色の光の中を漂っている……なんて聞かされたら、本当にそんなことがあるんだろうかって……。私の場合、もちろん感じるし気持ちはいいんですけどね、男の人が入ってくると、まあ、こんなもんかなあって思いながらあれこれ演技しちゃうんですよ。こんなに一生懸命やってくれている相手に悪いかなあと思うと頑張る自分もいたりして……。私がセックスですごい感動を得られないのも、子どもの頃の経験のせいだと思うと、従兄のしたことをぶちまけたい気分になりますよね。幸い、というのもへんですけど、従兄は会社の関係でアメリカ南部にずっと行っているので、もう何年も会ったことありません。だけど葬式か何かで会ったら、私、ブチ切れそうな気がして怖いんですよ。私がこんな風に男の人と続かないのも、あの男のせいかなアと思ったりもして」

「へえー、そうだったんだ」

いつも男をとっかえひっかえしている理由はこれだったのだと、いづみはいたましい気持ちになってくる。

「中島さん、私ってこれから先も、ずうっとめくるめく快感っていうものもなく、女の歓びっていうものも知らずに生きていくんでしょうか」

そこにはいつもの怜奈の姿はなく、化粧が落ちかけ、うち沈んだもうそれほど若くない女がいた。

「よく男に溺れて、会社のお金使い込んだり、犯罪をやる女がいるじゃないですか。あれだけ男に夢中になるっていうのにも、憧れちゃうんですよね。それだけすごいどろどろのセックスがあったんだろう。私って、一生そういうのとは縁がないんだと思うと何か哀しくって……」

「仕方ないんじゃない」

「えっ？」

「ウソ！」

「そんなこと仕方ないじゃないの。セックスでそんなに感じないなんて……そんな個人的なこと、私はあなたじゃないんだもの。それに私だって、そんなにセックス好きじゃないもの」

「えーっ！」

今度は二人で同時に声をあげた。

「私、前からハルコさんって、いったいどんな風にセックスしてるんだろうって、とても興味がありました。だけどまさか不感症だとは」

「ちょっと、いったい誰が不感症って言ったのよ」

「ええーだっていま、そんなに好きじゃないって」

「そうよ。だってめんどうくさいじゃないの」

こともなげに言う。

「このあいだ何かのアンケートを見たけど、半数以上の女が、その最中イッたふりをするんだってよ。だから怜奈さんだっけ？　そんなに気にしなくてもいいのよ」

「すっごいですね。ハルコさんって、それでよく二回も結婚出来ましたね」

「そうなのよ。どっちの夫もしつこくて本当に困ったわよ。私はね、寝る前に紅茶飲みながらテレビ見たり、雑誌眺めたりしたいのにそれを許してくれないのよ。もう疲れるし、次の日の仕事にもさしつかえるから、取り決めを交したの。セックスは週末だけ。金曜と土曜の夜だけって」

「へえーっ」

二人の女はまた同時に声をあげた。

「だけどね、二度めの結婚の時は、私はもう仕事をしていたから、疲れてたまんないわよ。金曜日の夜なんかひとりでぐっすり寝たいわよ。それなのに夫は怒るわけ。約束が違うぞ、お前は嘘つきだって」

「だから二度めの旦那さん、他の女と浮気しちゃったんですよね」

いづみの問いかけにハルコは知らん顔している。この件については、あまり触れて欲しくないらしい。

「それで、ハルコさん、今の彼とはうまくいってるんですか」

「そりゃあ……、まあね。私だってそれなりに感じてるわ」

「だけどエクスタシーはない」

「まあ、そんなもんは適当にやってればいいのよ。だけどね、そもそも私は、あっちがあんまり好きじゃなくてよかったと思ってるもの」

「えーっ、何でですか!?」

いづみと怜奈は、先ほどから双生児のように同じ言葉を発してしまう。

「私がね、こんなにおじさんたちに人気があるのも、私があれが好きじゃないからなのよ」

「えー、そうなんですか」

これは怜奈だけが発した。

「そうよ。エラいおじさんたちっていうのはね、おぼこい女が大好きなのよ。仕事が出来ておぼこかったら、もうたまらないわよ。ほら、なんとか細胞がインチキかどうかって騒がれていた、あの若い女の学者さん、あのおぼこさがたまらないって、私のまわりの男たちはみんな言ってるわよ。でもね、これはむずかしいわよ。私の歳でやったらね、カマトトのおばさんになってしまう。演技のおぼこさっていうのはね、見抜かれちゃうから」

「そんなものなんですかねー」

これはいづみがつぶやいた。いつもハルコには驚かされる。

「そんなはずないでしょ」

とツッコミを入れたくなるのであるが、あまりにもきっぱりと言い切るので、それが正しいことのように思えてしまうのである。

「そりゃ、そうよ。お酒の席でね、私がちょっと『ウソー、そんなことするのォ』とか『そんなわけないでしょ』とか言った時の、おじさんの張り切り方、いち度見せてあげたいわよねえ。六十、七十のオヤジたちが、いっせいに指南役にかわって、もう嬉しそうなこと、嬉しそうなこと。

『ハルコさんは、男と女のこと、少しもわかってないな。イッたことあるのか』

とか、

『もうちょっと修業しなきゃなあ』

なんて言いながら、ウンチクを語り出すわけよ。そりゃあ、えげつない下ネタを言うオヤジもいるんだけど、そんなのに顔を赤らめたりするのはまだまだ若いわよね。そんな女はそこらにいくらでもいるから、えらいおじさんたちはちっとも楽しくもないのよ。そうかといって、ホステスさんや芸者さんみたいに軽くいなす、というのも新鮮味がないわよねえ。私みたいに、地位も名前もある女が……」

ここで怜奈は驚いていづみの顔を見る。まだ中島ハルコに慣れていないのだ。

「びっくりしたり、『そんなこと出来るわけないでしょ』とか憮然とするから、おじさんたちはそりゃあ喜ぶわけよ。まあ、それより何より、私があっちを好きだったら、今の私の立場はなかったわね。こんなに上にいくこともなかったし、尊敬される女経営者にもなれなかったんじゃないの」

怜奈はもう表情を変えなかった。

「あのね、私たちの世界ってとても狭いのよ。私がもしおじさんの誰かとナンカしたらたちまち噂になったわよね。ほら、自分がよくCMに出てくる、安売りチェーン店社長のおばさんいるでしょ」

「ああ、あの人ですね」

でっぷりと太った体軀とは別に、やたら小顔なのは、整形手術で顎を削っているからだともっぱらの噂だ。

「どこよりも安い。本当に安い。私が保証します」

とにっこり笑って軽く頭を下げるCMが、深夜の番組によく流れているが、

「あの九州訛りがたまらない」

ともちろん冗談でネットでとりあげられることもある。

「あの女社長でも誘惑する男はいっぱいいて、あっちが好きだって有名なのよ。いつだったかしら。私が会員制のジムから帰る時、途中でエレベーターが開いたのよ。その階も会員制ホテルになっていて、財界の人たちがお忍びで使うんで有名なところよ。私、目を疑っちゃった。髪が乱れて、目がトロンとなって、いかにもたった今してきました、って感じのあの女社長が乗り込んでくるじゃないの。私を見て困っちゃってさ、

『あーら、中島社長、お久しぶり』

って声かけて、よせばいいのに、

『今、ここでちょっとマッサージ受けてました』

なんて言い訳するわけ。笑っちゃうわよね。いったい何のマッサージだって、私は言いたくなっちゃったわね。そこへいくと私は、おかしな噂ひとつたてられたことないわよ。私はまあ若い時からそりゃモテたけど、本当にきちんとしてたもの。よくおじさんたちにハイヤーで送ってもらうでしょう。そうすると九十パーセント

の割合いで手を握ってくるわけ。そういう時私は、

『何ですか』って必ず聞くわけ。こういう時、五十パーセントのおじさんが、

『いや、手相を見てあげようと思って』

としどろもどろ。すると私は両手を差し出して、

『じゃー見てくださいよ。お願いします』

と言うの。ここでおじさんは引くわね。

そうしているうちに、うちのマンションの前に着く。するとおじさんは七十パーセントの確率でこう言うわね。

『ちょっとトイレ貸してくれないかな』

私は冷たく言ってやる。

『そこらへんでしてくださいよ』

もう運転手さんなんかたまりかねてくつくつ笑ってるわ。だけどね、こういうのって必ずいい評判をつくるのよ。

『ハルコさんにはまいっちゃうよ』

『僕もだよ』

ってことで、私の人気がますます高まってきたわけよ。ただでさえ私みたいな目立つ女は、やれ誰それの愛人だとか、つき合ってるって必ずわかるもの。そして私

はね、ああいうことがそんなに好きじゃなくって本当によかったと思うの。こういうことってお芝居で出来ることでもない。私があっちが好きで、お酒飲んだらつい……って女だったら、こんな風に仕事は出来なかったと思うのよ。いい、怜奈さん。仕事が出来て美人で、だけど夜はインラン、なんていうのは男たちの幻想なのよ。その幻想にあなたまでがふりまわされることはないのよ」

「そうでしょうか」

「あたり前よ。仕事をしている女は、夜はぐっすり眠りたいものよ。まあ、たまには恋人としてもいいか、って思う程度であっち方面は充分じゃないの。あれが好きじゃなければ、男に縛られることもない。そして罠に落ちることもない。サラ金地獄に落ちたり、愛人に自分の子どもを虐待されて死なせちゃう女っていうのは、たいていセックスが好きで好きでたまらないのよ。まるで麻薬のようにしがみついてくからよ。怜奈さんはこういうバカな女の一人になりたいわけ？」

「いや、そういう極端な例を出されても困るんですけど……」

怜奈は口ごもる。

「あの、私はふつうにセックスの楽しさをもっと知りたいんですよ。私ってもしかすると、ものすごくそっちの才能があるかもしれない。そういう男の人とめぐり合って、自分の新しい面を見てみたいっていう気持ちをどうしても捨て切れないんです」

「はい、はい……。いつもの自分探しってやつですね」

ハルコはめんどうくさそうに足を組んだ。

「まあ、まだ若い人だからとことんやってみるのもいいかもね。でも最近の若い男は、あっち方面の能力劣ってるから、プロに頼まなきゃダメよ」

「えー、プロですか」

「そりゃ、そうでしょ。あなたの性感帯やら性的能力っていうのを開発してもらいにいくんでしょ。だったらプロがいちばん。男だって必要な時はプロに頼むんだから、女だって同じことしなさいよ」

「そうですかね……」

「〝弾丸ヨシキ〟って知ってる？」

「誰ですか」

「AVの帝王って言われた人よ。前に有名な企業の社長が、

『ハルコさんはきっと一度もイッたことがないに違いない。だったらこの男を紹介してやる』

とか言って会わせてくれたの。面白半分にご飯を食べたら、かなり本気で口説いてきたわ。彼にかかると貞淑な人妻が、気がおかしくなったみたいになったんです

って。夢中になられると困るから、セックスは三回までって決めてるけど、あなただったら十回までいいよって言われたけど、もちろんお断わりしたわ。でもケイタは知ってるから、いつでも連絡してあげる」

「ハルコさん、この人ですか」

いづみがスマホを差し出した。そこには黒光りした筋肉を見せる、上半身裸の男の画像があった。

「この人が、弾丸ヨシキっていうんですか」

「そうよ、すごいわよ。そうそう、前に下半身を写した画像送ってきてくれたけど見る？」

「私、やっぱりいいです」

「そうでしょ。女は男の下半身とセックスするわけじゃないの。男の全体とセックスするのよ。頭も心も込みでね。頭も心もよくてセックスもうまい、なんて男はめったにいるもんじゃない。だったらどこかでこっちも我慢して、イッたふりしたりして楽しませてやればいいの。そしてこっちも楽しむの。あら、もう夜が明けてきたわ。あなたたちのおかげで、今日のショックを少し忘れることが出来たかもしれない……。だけど今日から宝石のない生活が始まると思うと……。別のものを狙ってもらった方がよかったかもしれないって思うわねえ……」

ハルコ、主婦を叱る

水を吸わせた信楽焼の器に、ひと口大の鱧《はも》が三つ置かれていた。切り身が花弁のように開いている。

「まあ、綺麗ですね……」

菊池いづみは感嘆の声をあげた。そしてデジタルカメラで撮影していく。彼女は雑誌にレストラン情報を書くフードライターである。今日は「名古屋特集」ということで、中島ハルコと一緒にこの店にやってきたのだ。

「まずは塩で食べて頂戴」

艶然と微笑みながら言うのは、この「花田」の経営者、花田《はなだ》英子《えいこ》である。ハルコの話によると七十五歳ということであるが、とてもその年に見えない。肌の美しい女で、パープルの眼鏡をかけていたが、それが肌の白さをひきたてていた。白いワンピースに、やはり紫色のジョーゼットの上着を羽織っていた。そして花柳界の女のようにゆっくりと扇をあおいでいるさまが色気と貫禄に溢れている。

「私は鱧の皮が大嫌いなの。だから全部皮を取らせているのよ」

「だから、こんな風にやわらかいんですね。こんなに丁寧に仕上げた鱧は初めて食べました」

それは嘘ではなかった。その前に運ばれてきた、キャビア入りの冷たい茶碗蒸しも素晴らしいおいしさだった。

「どう、ここの料理はすごいでしょう」

例によってハルコが、わがことのように得意気に言う。

「この『花田』は、名古屋の『吉兆』って言われてるのよ。名古屋財界の宴会はここですることになってるの。本当はどんな雑誌やテレビが来たって取材お断わりなんだけど、私が今回いづみさんのために、特別に頼んであげたのよ」

その替わりちゃっかり取材についてきたくせに、といづみは思う。

「紹介してあげるから、当然私の分ももってくれるんでしょう」

と言い出したハルコのことを、

「こんな図々しいおばさんがいるんですよ」

と編集長にグチったところ、

「いつも話してるあのおばさんだろ。面白いじゃないか。いいよ、いいよ。二人分の領収書を貰ってくれれば」

と意外な太っ腹を見せたのである。

「その替わり新幹線代とホテル代は出せませんよ」

とハルコに念を押した。

「そこまでセコいこと言わないわよ。名古屋は仕事見つけて行くし、実家に泊まるからいいわよ」

とこちらも意外に鷹揚《おうよう》なところを見せた。

「この鰹は握りにしてみたの」

次は見事な染付の皿に盛った鰹の握り鮨だ。

「今の季節鰹はそのまま食べたら、そんなに珍しくないでしょう。だからちょっとヅケにして握り鮨にしてみたのよ。どうかしら」

「なるほど。酢飯と合わせた方が、ずっと鰹のおいしさがわかりますね」

いづみの言葉に、英子ママは嬉しそうに頷く。

「三日前にいきなりハルちゃんから電話かかってきたのよ。ちょっと、ママのお店を取材させろって」

「ひどいな、ハルコさん。私には一カ月前から、私がちゃんとお店に話をつけた。

だから大丈夫ってイバってたじゃないですか」

「だから大丈夫だったじゃないの」

「困りますよ。もし直前で取材拒否されたら、今度の企画はすべておじゃんですよ」

「まあ、まあ、二人とも……。ハルちゃんは私の妹みたいなもんだから、イヤって言えないのよ」

「でしょう」

ハルコのいつもの口癖が出た。

「私は会社始めた若い時から、ここのママに可愛がってもらったの。名古屋で『花暦』のママにOKって言われたら、すごいお墨つきをもらえるのよ」

「花暦」というのは、「花田」の隣りのビルにある高級クラブである。こちらも英子が経営していて、「名古屋の夜の商工会議所」と呼ばれているらしい。トヨタをはじめとする地元財界の重鎮がやってくるのだ。

「ハルちゃんは若い時から違っていたのよ」

と英子。

「ものすごく生意気でずけずけものを言う。だけど仕事で勝負する、っていう心意気を感じたわよ。この頃はちょっと違うけど、ハルちゃんの頃の女社長っていうのは色気で売る人ばっかりだったから」

「そう、そう。すごかったわよね」

ハルコは何かを思い出したようにゆっくりと頷く。

「ゴルフ行くってなるとね、私なんか前の日から練習に行って、少しでも飛ばそうとするわけだけどあの人たちは違うの。四十過ぎて超ミニはいて、ポロシャツの乳首ぽっちりさせてんの」

「乳首をですか」

「そおよお」

ハルコは憤慨したように鼻を鳴らした。

「それなのに喜んじゃうおじさんたちは多いの。そして手玉に取られるのよ。そう、五年に一回くらいああいう〝リトマス紙女〟が出てくるのよね」

「リトマス紙女……？」

「そう、こういう女にひっかかる男はダメ。何もわかっていない、ってはっきりわかる。そういう手合いよ。ナントカコンサルタントとか、ナントカアドバイザー、ナントカ理事……。お金と力のある男の人のまわりには、こういう女がいっぱいうろついてるのよね」

「ホホホ……。ハルちゃんは相変わらず口が悪いわよね」

「ホントよ。今だから言わせてもらいますけどね、娼婦だか社長だかわかんない女がどんだけいたか。そういうのと一緒にされるのは口惜しかったわよォ」

「だからハルちゃんは、ここまできたんじゃないの」

「これもね、私が英子ママを本当に尊敬してるからだわ」

「まあ、ありがとう」

「いいえ、本当なのよ。いづみさん、この人ってすごいのよ」

ハルコは喋り出す。

「イヤな男と結婚させられそうになったから、十八歳で家出してホステスさんになったのよ。ふつうならそこでオシマイのよくある話だけど、英子ママは違うの。二十歳《はたち》でお店を持って名古屋いちのクラブにした後、ビルを建てて中にレストランやジムをつくったのよ。男の人の力じゃないの。まあ、一人はいたらしいけど、その人は早く死んじゃってあとはママひとりの力よ」

たいていの女のことはけなすハルコが、ここまで誉めるのは珍しい。

「クラブの『花暦』もね、色気で売ってるお店じゃないの。若くて綺麗なホステスなんてあんまりいないんだもの」

「悪かったわね」

英子ママは怒ったふりをする。

「みんなやめないんだから仕方ないじゃないの。チーママなんか来年還暦よ」

「私さ、正直言ってママに会うまでは、水商売の女の人なんて男の人だまくらかしてお金取って……って思ってたの。でもママを見てから考え方変わったのよ。サービス業に徹するとこういうことになるんだってびっくりしたのよ」

「まあ、まあ、こんなに誉められちゃって。シャンパンを一本おごった甲斐があったわ」

さっき食事の前に、ママからといって仲居がシャンパンの栓を抜いてくれたのである。

「でもね、私は一度も結婚はしなかったからね。女も結婚しないって決めてかかれば、たいていのことは出来るわよ」

そろそろお店へ行かなくてはと英子ママは立ち上がる。

「ハルちゃん。今日はどうする？　後で寄る？」

「今日は無理。連れていってくれるスポンサーいないし、こんな若いコと二人で行けるわけないでしょ」

「ハルちゃんファンのおじさんが、誰かいるはずだけど」

「やっぱりやめとく」

「わかったわ。それじゃあ、いづみさん、あと何かわからないことがあったら、うちの店長に聞いてくださいね」

英子ママが出ていったとたん、いづみは頰をふくらませた。

「ハルコさん、なんで断わっちゃったんですかァ。私、一度でいいから高級クラブってところに行ってみたかったのに」

「あんた、酔ってんの？『花暦』は、あんたみたいな若いのが行くところじゃないわよ。見たらビビるような人がいっぱい来てんだから」

「大丈夫。私に企業のえらい人の顔なんかわかるはずないもの」

などとやり合っているうち、見事な牛肉の小丼が出て食事のコースが終わった。デザートはメロンのシャーベットだ。

「やっぱり噂どおり『花田』はおいしかったですね。これだけのレベルのお店、東京にもちょっとないですよ」

「名古屋は新幹線使えば、三十分で京都に行けるでしょう。お金ある人はすぐあっちに行ってしまう。だから名古屋はいい日本料理店が育たないって言われてたの。それを頑張ってこれだけのお店にしたのよ。英子ママってやっぱりすごいわよ……。ところでいづみさん、明日の昼はひつ鰻《まぶし》のお店に行くことになってるわよね」

「ええ、あそこも取材拒否のところ、ハルコさんのおかげで写真もOKになったんですよ」

かなり嫌味を込めていづみは言った。

「あのね、悪いけど、そこにもう一人増えてもいいかしら。私の同級生が急に来たいって……」

「それは構いませんけど、予算は二人分しかないんですよ。その人の分、ハルコさんが出してくれるなら別ですけど」

「もちろん大丈夫よ」

ハルコは言った。

「お金持ちの奥さんだから、自分の分は自分で払わせるわよ」

そのひつ鰻の店は老舗というのではなかった。ハルコに言わせると、昔からの不動産屋が昨年オープンしたものだという。

「お金持ちってみんなそうだけど、ちょっと自分とは違う業種を、道楽でやってみたくなるもんなのよね」

「それはわかります」

東京でもファッションデザイナーがレストランを始めたり、パチンコ会社がヘアサロンやエステを開いたりする。お金は潤沢にあるから、インテリアにやたら凝るのがこういうところの特徴だ。

その白木カウンターが美しいひつ鰻の店も、有名建築家が設計したものだという。最新の建材をつかったスタイリッシュな室内だ。

「この店はね、自分の接待にも使えるように、ひつ鰻に割烹を組み合わせているのよ。自分の友だちで使うようにしたいから、マスコミには出したくないって方針なの。『食べログ』だの『ぐるなび』なんかに載っけられるのはまっぴらだっていうのを、私が無理やりに頼んであげたのよ」

「本当にすみませんねえ……」

「それにしても暑いわね。ちょっとビールを飲んでもいいかしら」

「それがね、ハルコさん、こういう取材の時の鉄則として、いちばん安いメニューを頼む。それからお酒は飲まないんです」

「あら、そうなの。いいわ、じゃあ、お茶で我慢するわよ」

「そうですよ。こういう貧乏取材旅行に同行したいっていったのはハルコさんなんですから、勝手なことはやめといてくださいね」

つき合い始めて半年あまり、いづみはハルコに対してずけずけものを言うようになった。とにかく彼女に気を遣ったら大変なことになってしまう。ずるずるといろんなものを取られ、いろいろなことを課せられてしまうのである。

「それは無理」

「それは出来ません」

とこの言葉をいづみは連発するようになった。

ある時呆れ果ててハルコに言ったことがある。

「私は生まれてからこのかた、ハルコさんみたいに、人に気を遣わない人を見たことがありませんよ。車に乗る時もまっ先に乗り込む。座る時は壁ぎわにどでーん。それから伝票はこの世に存在しないように無視する。こんなんでよく世の中を渡ってこられたなあって感心しますよ」

「そうでしょう」

ハルコはむしろ得意そうだ。

「私が気を遣うと、みんなが余計に気を遣って大変なのよ。だから私は絶対人に気を遣わないの」

「すごい理屈ですよね」

その時、一人の中年女性が入ってきた。セットしたての髪に、麻のスーツを着ている。手には白のクロコのバッグと、いかにも金持ちの奥さんといった雰囲気だ。

「遅くなってごめんね」

彼女の言葉にはかすかな名古屋訛りがあった。

「紹介するわ。こちらは私の友人の菊池いづみさん、食べ物関係の仕事をしてるので今日ここに連れてきてあげたのよ」

「はじめまして。菊池いづみです」

「まあ、はじめまして。私は加藤妙子《かとうたえこ》と申します。ふつうの主婦をしているので名刺がないのよ。ごめんなさいね……」

ハルコよりもはるかに感じがよい。

「私とタエちゃんは、中学校からの金城の同級生なのよ。つまり〝純金〟仲間っていうわけ」

「そうなんですか……。あのハルコさんって、昔はどんなだったんですか。どんな中学生だったんですか？」

「今のまんまよ」

妙子は微笑んだ。

「ものすごく元気がよくてね。いつも先頭に立ってやるの。勉強は出来なかったけどクラスのリーダーだったわね」

「勉強は出来ない、っていうのは余計じゃないの」

「だけどこの人調子がいいから、試験が近づくと成績のいい子にパーッと命令するの。明日までにノートを持ってこいとか、ここを写させろって」

「ハルコさんらしいですね」

「それからね、時々漫画本を貸してくれるんだけど、そういう時は一人から五円お金を取ったのよね。次に新しいのを買わなきゃならないからっていう名目で」

「ハルコさんらしいですね」

「ふん……。ところでタエちゃん、メニュー何にする？　私たちはいちばん安いセットだけど、自分の分は自腹だから好きなもの食べたら」

「あ、私もそれで」

妙子は高そうなバッグをパチンと開け、中から黄色いハンカチを取り出した。それで額をふく。よく見ると、鼻の頭にも小さな汗の粒が幾つも出ていた。

「遅れたらどうしようかって、地下鉄の階段をいっきにかけ上がったもんだから、もう汗をかいちゃって……」

「また、家を出る時ダンナに何か言われたのね」

「そうなのよ。今日は出かけるはずだったのに、私が出るとなると意地悪をするのよ。オレの昼飯はどうするんだって急に言い出して。大あわてでうどんをゆでてきたのよ」

「相変わらずよね……」

ハルコは片方の口角を上げて笑った。いかにも人を小馬鹿にした笑い方であった。

「もう収入もない亭主にこき使われてバッカみたい……」

「本当にそうなのよね。私ってつくづくバッカみたいと思うわ。自分でも情けなくなっちゃう……」

さすがにハルコの幼なじみだけあって、妙子は怒ることなく素直に頷く。

――加藤妙子の身の上相談。

私、いつもハルちゃんに怒られるんです、バッカみたいって……。だけどね、私たちの年頃の女に他にどんな生き方があったって言うのかしら。

ハルちゃんも私も〝純金〟の女です。名古屋ではそりゃあ価値があるんです。あの頃〝純金〟ですと、短大の時からいろいろ縁談があるのがふつうです。私もそうです。二年生の時に見合いをして、卒業を待って結婚しました。私はちょっと年の離れた男と結婚したんですけど、その方が経済力があってしっかりしているって親が言ったんですよ。

私はね、この頃つくづく思うんです。年をとるとみんな公平になるんだって。おかげでつまらない見栄もいっさい無くなって、女友だちとも清々しい関係になるんですよね。

若い頃はそうはいきません。夫の地位や収入で自分たちをランクづけして、ほくそ笑んだり落ち込んだりするんですよ。私の夫は名大《めいだい》出て、トヨタの子会社に勤めてました。まあ名古屋じゃエリートです。だけど後から医者と結婚する友人からはちょっと見下されます。トヨタの本社勤めの男と結婚した友人からは、

「部品つくってる子会社じゃないの」

なんて言われたりするのも耳に入ってきます。

そのうちに子どもの学校自慢です。それ名大入れたの、早慶入れたのいろいろ言うから、三十代、四十代の同窓会はぎくしゃくです。だから行かない人も出てきます。だけどね、五十を過ぎたら面白いんですよ。そろそろダンナさんの行末がはっきりします。定年はまだでも、子会社行かされたり、出向する人がちらほら出てくるんです。そうすると、もうえらいもえらくないも関係ない。名大や京大出ていたって、みんなしょぼいおじさんになっていくんですよ。それに子ども、結婚適齢期に入っていくんで、もう学校は関係ない。同窓会の話題は親の介護になってきます。

「えっ、どうしてデイサービス利用しないの」

「千種区にすごくいい介護施設出来たよ」

話題は専《もっぱ》らそっちの方に行きます。もうダンナの出世なんかどこの世界の話よ、という感じでしょうか。

それはそれでいいんですけれどもね、問題は定年退職後の夫の話です。私はかなり年上の男と結婚したんで、早くダンナの定年がやってきました。会社を辞めた後

の夫が、どれほどカサ高くて厄介なものかということは、よく雑誌やテレビで言っていましたけれども、まさかこれほどまでとは思ってもみませんでした。

うちの夫というのは、とにかくプライドがものすごく高い男なんですよ。夫婦で結婚式に参列した時など、席順にこだわる人っていますよね。うちのダンナがまさしくそうなんですね。

夫の会社は、定年が六十五歳です。ですけれど夫の場合、六十になったら関連会社に出向ということになりました。そうしたらそれに腹をたてて、六十で退職してしまったんですから困ったもんです。

最初のうち夫は、

「すぐに就職するから」

と言っておりました。お酒に酔った時は、

「オレが辞めたらすごいぜ」

と口をすべらせたことがあります。つまり自分の経歴だったら、ひく手あまただと言いたかったのでしょう。

ところが、一年たっても仕事は見つかりません。最初のうちは知り合いを訪ねたりしていたのですが、最後はハローワークに行くことになりました。しかし夫は余裕しゃくしゃくです。

「オレみたいなのがハローワーク行ったら、受付の人間はびっくりするだろうなァ」

などと本気で言っているのには唖然としました。つまりハローワークは、学歴もキャリアもない人間が行くところと信じていたんです。ところが全く違っていて、自分のように高学歴の初老の男がいっぱいいるとわかり、夫はすっかりしょげてしまいました。

「当分職探しはしない」

こう宣言して、うちにいるようになったんです。夫が四六時中うちにいる。これがどれほどのストレスをもたらすのか、わからない人はわからないでしょう。

本当にありきたりの話で、語るのも恥ずかしいんですけど、私にはたくさんの友人もいますし、茶道という趣味もあります。夫が勤めている時は、週に二回の稽古にも行けたのですが、それもかなわなくなりました。その窮屈さとストレスときたら、本に書いてある以上でした。

「オレの昼飯はどうなる」

というのが夫の口癖なんです。

「コンビニ弁当でも買ってきなさいよ」

とでも言えばいいんでしょうけれど、言ったら最後、どんな騒ぎになるかと思うとめんどうくさくて言えません。

「今まで誰の稼ぎで喰ってきたんだ」

と言われるに決まっています。

本当にいったいどうしたらいいんでしょうか。夫が一日うちにいるんですよ。この事実の重さ。

離婚するほど忌み嫌っているわけではありません。だけど家にいられるつらさというのは、本当にどうしようもないんです。このままでは私は、本当にノイローゼになってしまいそうです。

——

「仕方ないんじゃないのオ……」

ハルコは言った。

「今までいい思いをしてきたんだからさ」

「そんなことないわよ。家事、子育てといろいろ苦労してきたわよ」

「ふん。アンタみたいに恵まれた専業主婦の苦労なんかタカがしれてるじゃないの。本当につらい目にあったら、とっくに離婚してるわよ」

「みんながみんな、ハルちゃんみたいに、思いたったらすぐに離婚出来るわけじゃないわよ」

さすがに半世紀近い友人だけあって、二人とも言いたいことを言う。最初妙子はふつうのおばさんだと思ったが、ハルコに太刀打ち出来るのだからたいしたもんだといづみは思った。

「今まで働きに働かせといて、定年になったら邪魔もの扱いするわけよね」

「邪魔もの扱いじゃないわよ。本当に邪魔なのよ」

「だったら、外に出ていってもらう工夫をすることよね」

「いろいろやったわよ。たとえばさ……」

そこでひつ鰻が運ばれてきた。染付の丼にたっぷりと鰻がのっている。それだけではない。名古屋のひつ鰻は、ご飯の中にもう一層鰻がはさんであるのだ。

素早く撮影した後、三人の女は黙々と鰻を食べ始めた。意外なことに妙子は食べるのがとても早い。ハルコに負けないぐらいだ。

「それでいったいどんなことをしたのよ」

食べ終わり、お茶をすすりながらハルコは言った。

「たとえばボランティアをやらないかって誘ったわよ。東北だってまだ何も解決しないんだから、少しでもお役に立ったらどう？って言ったんだけど全くのらないの。それからカルチャーセンターへ行ったらどう？って勧めたのよ」

「カルチャーセンターで何を習うのよ」

「何だっていいのよ。エッセイ教室っていうのに申し込んであげたの。そうしたら講師がくだらないって、ぷりぷりして帰ってきたのよ。なんでも女の講師のレベルが低すぎるって」

「なんかわかるような気もするけど」

「それからね、とにかく図書館へ行きなさいって言ったの。うちから歩いて七分ぐらいのところに、市立のいい図書館があるのよ。あそこならカフェもあるし、一日中いることだって出来るのに、やっぱりイヤだっていうの。朝から暇もて余してる爺さんばっかりだっていうのよ。自分だって爺さんのくせにさ」

それでもう、と妙子は大きなため息をついた。

「一日中うちにいるの。それでやたらうちのことにうるさくなってしまったの。家の中が汚ないとか、宅急便にどうしてもっと早く出ないのかって、一日中怒鳴ってる。私、もう耐えられないわよ」

「怒鳴らなきゃ、自分のプライド保てないんじゃないの」

「えっ？」

「収入なくなってうちでゴロゴロしてる。そういう引け目があるからこそ、奥さんにガミガミやらなきゃ、精神の均衡保てないんじゃないの」

「わかったわよ。それで均衡を保てるんだったら私も我慢するわ。だけど三時間が限度よ。後は外に出ていって欲しいの。わかる？」

「全くあんたって、男のプライドってものを少しもわかってないわねえ……」

ハルコはわざとらしく大きなため息をついた。

「定年退職した昔のエリート。少しはそれらしく扱ってあげなさいよ。まずお金を遣わせてあげるの」

「それってどういうことよ」

「図書館もそこらのふつうのおっさんが朝、新聞の取り合いをするようなところじゃ、おたくのダンナが行くはずないでしょ。名古屋だって探せば会員制の図書館があるはず。東京じゃ今、流行よ。月に三万か五万の会費払うと、静かでデラックスな空間をもらえるのよ。おたくのダンナみたいにプライドの高い男は、ふつうの人間が行けない、こういうところじゃなきゃダメなの。プライドの高い男ほど金を遣わせるの。特別扱いしてやるの。そういうこと、どうしてわからないの？　どうせ退職金や年金でお金には不自由してないんでしょ」

「そりゃそうだけど……。老後にも備えておきたいし……」

「あんたって昔からそうよね」

ハルコは怒鳴った。

「私が必死で働いていた時、あんたはラクチンな専業主婦とやらをしていたのよ。

それは親が押しつけたもんじゃない。タエちゃんが選んだもんよ。あんたさ、人はだれだって人生のオトシマエをつけなきゃいけない時がくるのよ。私みたいに一人で生きてきた者には孤独ってやつ、あんたみたいな専業主婦には定年のダンナを負わなきゃいけない時がくるの。どっちも放り出せないもんだとしたら、知恵とお金を遣わなきゃね。わかる？」

「何だか、わかるような気もするけど、それにしても……」

妙子は口ごもった。

「ダンナがずっといるって、しんどいことよね」

「そりゃそうよ。それがわかってたから私は一人よ。ダンナっている時はいてくれて、いらない時はどっか行ってくれるスイッチが入るもんだったらいいけどね。そんなに都合よくいくもんじゃない。それならばいらないって決めたのよ」

「ハルちゃんって、やっぱり強いわよねえ……」

妙子は感嘆したように言った。

「昔からちっとも変わってないわ。ハルちゃんが二回も離婚出来た理由がわかるわ」

「それを言うなら、二回も結婚できるでしょ」

ハルコが怒鳴った。

ハルコ、不倫を嘆く

「秋ですよね……」

菊池いづみが、盃を呑み干すなり、ふうーっとため息をついた。

「今まで冷酒を飲んでたけど、今日は熱燗がおいしいですもんね」

「まあ、きいたような口叩いて……」

傍にいる中島ハルコがフンと鼻を鳴らした。こうした行為が実に似合う女である。

「別にあなたの職業にケチつける気はないけどさ、私、三十代の人間が純米がどうの、ボルドーがどうのっていうのをきくと、イライラしちゃうわけよ」

「どうしたんですか、今日のハルコさん、荒れてますねえー」

「あら、いつもと同じよ」

「そんなことないですよ。憎まれ口きくのも、いつもだったら口が勝手に動いてる、って感じですけど、今日は心に思うところあってきついことを言ってますよね」

「そうかしら」

「そうですよ。今夜はハルコさんから誘ってくれて、こんな高級割烹連れてきてくれるし……」

確かにそうだ。白金のプラチナ通りから奥まったところにある店は、看板も出しておらず隠れ家のようにひっそりしている。レストランの情報を書くライターのいづみも、この店のことを知らなかった。

「そりゃ、そうよ。この店はＶＩＰがお忍びで使うところだから、マスコミに取材させないわよ。もちろんネットにも出ないしね」

やっといつものハルコの調子を取り戻した。

「これ、おいしそうですね……いかにも秋って感じ……」

運ばれてきたデザートを前に、いづみは感嘆の声をあげる。それはイチジクのコンポートに、練った栗を取り合わせたものだ。コンポートからは洋酒のかおりがする。

「これ、一枚写真撮ってもいいですかね」

「ダメ、ダメ。この店はマスコミに出ないことが売りなんだから」

「雑誌には使いませんよ。私のブログに出すんです」

「同じことじゃないの。私ね、カウンターでカシャカシャ写メやってる人間見ると、水をぶっかけたくなるのよ」

「構いませんよ」

　その時、カウンターの向こうから主人が声をかけた。

「この頃、ツイッターにも時々出てるみたいですから。ハルコさん、人の口に戸は立てられませんよ」

「それって、使い方が違うような気がするけど、ま、いいか……」

「すみません。それじゃあ」

　いづみはいつも持ち歩いているデジタルカメラを取り出し、濃い藍色の皿に盛られたデザートを何カットか撮影した。そしてその後、いただきます、と陶器のスプーンですくう。

「思っていた以上のおいしさですよ。栗に甘みを加えていないのが、イチジクをひきたてていますね」

「そうでしょう。このデザートは、今の季節しか食べられないのよ。だからこの日を楽しみにしていたのに……」

「わかった。ハルコさん、今日はデートだったんですね」

「わかる？……」

「何で機嫌が悪いか、理由がわかりましたよ。今日、二人でカウンター予約してたのに彼にフラれちゃったんですね」

「フラれたわけじゃないわよ。彼に急に仕事が入ったのよ。失礼しちゃうわね」

「ふうーん」

いづみはゆっくりと残りのイチジクを咀嚼《そしゃく》する。

「あの、前から思ってたんですけど、ハルコさんのカレシってどんな人なんですか」

「ふつうの人よ」

「まさかあ。ふつうの人がハルコさんとはつき合わないでしょう」

メンタル面のことを言ったつもりであるが、そりゃそうよねとハルコは、いくらか肩をそびやかす。

「そりゃあ、私とつき合う人だからふつうのサラリーマンじゃないわね。某大企業の執行役員よ」

「いい男ですか」

「まあね」

「俳優で言うと」

「芸能人であんなタイプいるもんですか。全身がとにかく知性、って感じなのよ」

うへっと、あやうくいづみはお茶にむせそうになった。

「結構惚れてますねえ」

「そうなのよ。こんなに長く続くとは思わなかったわ」

「だけどびっくりですよね。いつも人のこと、バサバサ切ってくハルコさんが、十年来の不倫に悩んでるとは……」

「あら、悩んでないわよ」

キッとしていづみの方を見た。

「悩むっていうのは、何か求めて手に入らないからでしょう。私はあの人と結婚するつもりもないし、奥さんと別れてもらおうなんてこれっぽっちも思ってないし」

「そうですか」

「ただね、彼のことは私のウィークポイントであることは確かね」

ハルコはいまいましそうにため息を漏らした。今夜の彼女は、白いふくれ織りのスーツを着ている。胸元のブローチは、葡萄の房をダイヤとプラチナで象《かたど》ったものだ。一緒に食事をしないかと急な電話がかかってきたのは、午後遅くだったので、ハルコはこのスーツを朝、デート用に着用したに違いない。こうしてみると、中年のなかなか綺麗な女である。

「他の人のことならあれこれ忠告出来るのに、自分のこととなるとからきしダメよね。不倫だなんて、私の趣味じゃないのに」

「わかります」

「本当はスパッと別れたいのよ。あの男と一緒にいたって、そんなにいいことばかりあるわけじゃないし」

「そうなんですか」

「役員っていっても、所詮はサラリーマンだから、お金がそんなにあるわけじゃないし」

「やっぱりそっちの方にきましたか」

「デートっていってもね、向うが連れていってくれるようなところはこんなとこじゃない。庶民的な懐石よね」

「ふうーん」

「お一人さま八千円コースぐらいの」

「充分じゃないですか。ふつう大ご馳走ですよ」

「あら、私はいつも金持ちのおじさんに、一人三、四万のキャッシュオンリーの和食連れていってもらうのよ。そんな庶民懐石、楽しくないに決まってるじゃないの」

「ハルコさん、恋のためですよ。我慢しなきゃ」

「だからね、この私がお金出して、ちゃんとしたとこ行くのよ。ワリカンも大っ嫌いなこの私がよ」

「そりゃすごいことですよ。ハルコさんが男にお金出すなんて」

「でしょ？　それで彼は喜んで、私が誘う一流のお店に行くのよ。だけどそこのお勘定払う時に、私はすごくつらいのよ。お金を出すのがつらいんじゃない……それもあるけど、人の旦那に十年間もおごらなきゃならない自分がつらいの」

「失礼ですけど、そのお相手の方ってえらい方なんでしょう。ハルコさんにそんなつらい思いさせるぐらいなら、交際費で落とせばいいじゃないですか」

「そこがね、あの人のいいところなのよね」

ハルコは本当にせつなそうな声を出した。

「なにしろ清廉潔白を絵に描いたような人なの。自分の女のために、交際費を使ったりはしないの」

「あの、レストランライターの経験から申し上げますと、そういう人に限って家族で行く食事、ばんばん経費で落としてますね」

「まあ、何てイヤなこと言うの。人がせっかくご馳走してあげたのに」

「ごめんなさーい。ちょっと酔っぱらっちゃいました」

二人がにぎやかに話していると、そこへさっきの主人がまたカウンターごしに近づいてきた。瘦せて頭を刈っている。顔が長くて、いづみはひょうたんを久しぶりに思い出した。

「ハルコさん、今日は楽しんでいただけましたか」

「星野《ほしの》さんよ」

ハルコは紹介してくれた。

「こちらは菊池いづみさん。食べもののライターで、いろいろレストランを紹介してるのよ。ここを書くのは十年早いけど」

「はいはい、すみませんねえ」

「こちらこそ。なにしろ常連さんばかりの店なので、取材に応じられなくて……」

「でも、どうしたの。今夜は私たち以外に一組だけ。その人たちが帰っても、後から来ないわねえ……」

「実は昨日まで、一週間ほど臨時休業をしていたんです。今日も開けるかどうか迷ったんですけど、ハルコさんのご予約が入ってたんで頑張りました」

「いったいどうしたのよ。体の調子が悪いの？」

「いやあ、体がどうのこうのっていうよりも、ちょっと精神的にまいっちゃうことがありましてね」

「えー、いったいどうしたのよ。浮気がバレちゃったとか……。そういえばおかみさん、見かけないわね」

「実は女房に逃げられちゃったんですよ」

「やっぱり！」

「やっぱりなんて、ハルコさん、なんて失礼なことを言うんですかッ」

「いいんですよ……。どう見ても不釣合いの女房でしたからね」

「そうよね。美人でちゃきちゃきしてて。ああいう人は、食べ物屋のおかみにはうってつけだったけど、星野さんの女房にしちゃどうかしら」

「ハルコさん、その言い方おかしくないですか。星野さんはこういうお店をやってるんですから、その奥さんとしてはぴったりじゃないですか」

「商売に向いていても、夫婦としてはどうだったかなァっていう意味よね。あのおかみは、ちょっと色っぽかったわねえ。旦那がいる職場で働くにしちゃ、やり過ぎのところがあったわ。私の彼も、お、あそこのおかみ、いいね、っていつも言ってたもの」

「ハルコさん、それってやきもちじゃないですか」

「違うわよ。いづみさんだって飲食店をまわる仕事をしてればよくわかるでしょう。お酒が主なところと、食べるものが主なところじゃ、おかみのあり方だって違ってくるわよ。ここのおかみは、どう見たってお酒飲むとこのおかみよ。こんだけの料理を出すところのおかみじゃないの」

「ハルコさん、おっしゃることとわかりますが、マキのことをそんな風に言われると、僕も混乱しちゃって、どうしていいのかわからないんですよ……」

「ちょっと言い過ぎたかしらね」

「ちょっとどころじゃないですよ」

いづみはさっきからハラハラして二人の会話を聞いている。星野の表情は次第に暗くなり、そのひょうたんのような顔は青味さえ帯びているのだ。

「まあ、こっちきて座りなさいよ。もうお客さんもいないことだしさ」

「はい……」

星野は奥にいた若い男に、

「そこを済ませたら、もうあがっていいぞ」

と声をかけた。そしてカウンターから出てハルコの隣りの席に座る。近くで見ると本当に痩せているのがわかる。食べ物屋の主人で、痩身の者はたまにいるものであるが、これだけ細いのは珍しいかもしれない。おかみに会ったことはないが、ハルコの、

「夫婦としては不釣合い」

という言葉が少しわかるような気がした。

「いったい、どうしたのよ」

ハルコは顔を覗き込むようにして問う。

「まあ、ビールでも飲んだら……といっても、私たちもうデザート食べちゃったから酒残ってないの。飲みたかったら、自分で冷蔵庫から持ってきてね」

「いいえ、とてもそんな気分にはなれないんですよ」

「わかるわ。女房がお客とデキて逃げちゃったらねえ」

「どうしてわかるんですか」

「わかるわよ、それぐらい。なんかそんなことをしそうな気がしてたもの」

「本当に知らなかったんですよ……」

「そりゃ、そうでしょう。亭主がいる前で、まさか浮気するなんてふつうは考えられないもんね」

「相手はゲーム会社勤めです。スマホでやる王さまゲームとかいうのが、大ヒットしてるところの専務だかですよ」

「あー、わかるわ。金はあるけどいけすかないIT野郎。今、日本中にはびこるあれね」

「ああいうとこの人って、チケット簡単に手に入るんですかね。うちのマキは、Kポップの大ファンなんですよ。SMタウンのチケットあるから行かない、なんて誘ってたのを憶えてます。一年前のことですよ」

「その時に行かせなきゃよかったのに」

「店もあるんだし行くな、ってもちろん止めましたよ。そうしたらものすごい目で睨まれて、SMタウンのコンサート、いったい何倍の倍率か知ってんの、と言われましたよ。アリーナのこんないい席で見られるなんて、もう二度とないのに、この私に行くなって言うわけ、とか凄まれました」

「いかにも言いそうな女だもんね」

「ハルコさん、いくら自分が、そのマキさんを気に入らなくても言い過ぎです」

「ただ私は、この店と星野に似合わないって言ってるだけよ」

いつのまにか呼び捨てである。

「でもさ、こうなったからには仕方ないわね。きっちりと出るとこ出て、もらうものはもらう。払うものは払う。そしてきっぱり別れることよね。聞くところによると、そのIT野郎はお金ありそうじゃないの。弁護士立てれば、人の結婚生活を破壊した、とか言うことで慰謝料がっぽり取れそうよね」

「でも、相手の男、奥さんと子どもがいるんですよ」

「じゃあ、今、二人はどこにいるのよ」

「長期滞在者用の家具付きマンションってあるみたいですね。このあいだマキから電話があって、あんたなんか一生住めないところだって……」

「いちいちイヤな女房だね。もう諦めたらどうなの？　それでもやっぱり諦められない？　そんなに惚れてるわけ？」

「いやあ、ハルコさん、この問題は切れる別れる、だけじゃないんです。もっと複雑にいろいろからんでいて……」

「わかった。いろいろ弱み握られてるんだ」

ハルコは嬉しそうな大声をあげた。

「そうよねえ……。こういう個人経営の店じゃ、女房がすべて知ってるもんね。何をしたの？　脱税？　それとも食材ごまかしてたの？　そういえばちょっと前にさ、ミシュランの二つ星とかの店で、女房が別れる時に、週刊誌にすべてぶちまけたことがあったわねえ。あれにはびっくりしたわ。トリュフごはんっていうのが名物だったのに、トリュフオイルを使ってるとかさあ。この店もいろいろ細工してたのね。そのわりにはおいしかったけど」

「ハルコさん、やめてくださいよ。そんなことは断じてしてません……ただ……」

「ただ、何よ!!」

「お金のことで、ちょっとしたことはあったんですよ」

――割烹料理店主、星野の話。

私は高校を卒業して、すぐにこの世界に入りました。

最近料理業界は高学歴化していて、慶応卒なんていうのもいますが、それはフレンチとかイタリアンの話ですよね。私ら日本料理をやる者は、やはり高卒が多いですね。中には時々中卒っていうのもいます。

料理人は一般的に、わりといい学校出ている女性に対して、憧れが強いんじゃないですかね。有名なシェフで、東大出の編集者と結婚した人もいますよ。フレンチだとその傾向が特に強くて、中卒のオーナーシェフに、英語フランス語ペラペラのマダム、っていう取り合わせは珍しくありません。

日本料理はそういうのに比べると、ずっと地味ですが、やっぱり一流の店になると、おかみさんは美人で大学出ってことになりますかね。

マキとは前の店にいる時に知り合いました。女子大生のバイトで、仲居をしていたんですよ。着物もちゃんと自分で着て、そりゃあ可愛かったです。

通っていた大学は聞いたことのないような女子大ですが、そこの食物科で勉強して今にフードスタイリストになりたいって言ってましたね。

自分でこんなこと言うのはナンですけれども、料理人を好きな女というのはとても多いんですよ。白衣を着ている姿がカッコよく見えるようですし、マスコミが持ち上げてくれることもあるかもしれません。フレンチやイタリアンのシェフは実際にモテますよね。金があったりすると、銀座のホステスさんと仲よくなっちゃう人もいるみたいです。

自分はまだ若かったですが、そこの調理場を任されていました。

修業時代はつらいこともいっぱいありましたが、僕はこの仕事に向いているようです。料理人にとっていちばん大切なことというのは、才能があるとか、器用だとかいうことじゃないんです。毎日同じことを出来るか、同じことを繰り返すことに耐えられるか、っていうことですよね。僕の取り柄は愚直、ということだけなんですけど、マキの目には新鮮に映ったようです。

「星野さんの魚を見る時の目がたまらない」

初めて一緒にお茶を飲んだ時、そう言われました。

「ものすごくこわい顔して、じーっと魚のウロコ見つめてたりするでしょう。私もね、あんな風に見られたいと思っちゃうの」

こんなこと言われて、僕はね、すっかり舞い上がってしまったわけです。

しかもいいことは続くもので、ものすごく可愛がってくれているお客さまに、

「そろそろ独立してみないか」

って言われたんです。

はっきりお名前は申し上げられませんが、大きな芸能プロダクションを経営している方です。ハルコさんはご存知だと思いますが、この頃ITやマスコミの方で、成功した方って飲食店を持つのが流行りですよね。有名な店で実は自分が陰のオーナーっていうのが、とても気分いいみたいですよね。

ミシュランの三つ星をとったあの店も、本当のオーナーは、IT長者で時代の寵児と言われるあの方ですからね。レストランやうまい和食屋というのは、あの方たちの格好のおもちゃになりつつあるんです。

でも僕らも負けてはいません。いつか自分で買い取る実力をつければいいんですからね。

そういう時、スポンサーになってくれた人たちは、

「よかったね、おめでとう」

と素直に喜んでくれます。そして適正な価格で譲ってくれるわけです。

もちろんすべてがこんなにうまくいっているわけじゃありませんよ。スポンサーとうまくいかずに、裁判沙汰になったケースもあります。

けれども僕の場合、幸運だったのは出資してくれた方が、

「そりゃあ、自分の店が欲しいよな」

と快く権利をこちらのものにしてくれたことです。この時銀行から借りることが

出来るように、取り計らってくれたことも有難かったですね。月々のローンは大変ですけれど、まあ、お客もついて何とかなりそうな時に、こんな事件が起こったわけです……。

「もうじれったいわねえ」

ハルコが叫んだ。

「いったいどんな弱みを握られているのよ。はっきり言いなさいよ。ここの料理はおいしいから、食材をどうのこうの、というわけじゃないわね。ズバリ脱税でしょう」

「そんな大げさなことじゃありませんよ。ただ売り上げをちゃんと申告しなかったってことですよ」

「同じようなもんじゃないの」

「とんでもない。キャッシュで払ってくれて、領収書を取らないお客の分をなかったことにする。それは多かれ少なかれどこの店でもやっていることではないですかね」

「えー、おたくは結構な料金とるじゃないの。それで領収書もらわない人がいるなんて、信じられないわ」

「結構いらっしゃいますよ。女性と二人のお客さま。カッコいいところを見せたいというのもあるでしょうが、領収書からご自分の動きを知られるのがイヤなんでしょうね」

「わかるわ……その気持ち」

「五万円ぐらいの食事をなさって、さっとピン札出して、領収書いらないよ、って言われると本当に嬉しいもんですよ」

「それって、相当悪いことしてるんじゃないかしらね。それで女房に脅かされているわけね」

「そうなんですよ……」

星野は深いため息をついた。

「実はこの他にも、洗い場のバイトを頼んでいた、ってことにしてある出費もあるんですよ。それはすぐにやめましたけどね。だけどこの二年前のことをマキは脅してくるわけです」

「何て言って」

「籍は抜かない。だけど毎月生活費三十万は送ってくれって。それをしてくれないと、週刊誌に売るって言うんですよ」

「それはさ、ちょっとヘンよね。ミシュランの星とってるっていう有名店ならともかく、この店は知る人ぞ知るっていう店だものね。週刊誌だって書きゃしないわよ。週刊誌に売るなら勝手に売れってはっきり言ったらどうなの」

「それが、マキの奴、出版社の知り合いがいるって脅してくるんですよ」

「馬鹿馬鹿しい。そんなことぐらいで書くもんですか。それにね、カケオチしたIT野郎はお金持ちなんでしょう。なんだって、一緒に逃げた女の夫に金をせびらなきゃならないのよ」

「それがですね、相手の男は今、兵糧攻めに遭っているみたいです」

「兵糧攻め？」

「奥さんの方が、銀行の口座を押さえちゃって、カードも取り上げられているみたいです。それでマキの奴は僕から金が欲しいって言うんですよ」

「何だか本当によくわかんない話よね。聞いているうちに、何だか腹立ってきちゃったわ」

「喋る僕の方が、ずっと腹を立てていますよ」

「あなたは夫なんだから我慢しなさいよ」

ハルコはぴしゃりと言った。

「男と逃げた人妻がいる。その男の方は、お金はあるんだけど、今のところ奥さんにすっかり握られている。自由になるお金がない。だから人妻の亭主に仕送り頼もうなんて、あまりにもムシがよすぎる話よね」

「本当にそうですよねえ……」

「星野、そんなに呑気に構えているからこんなことになるのよ」

「すみません」

「謝らなくたっていいわよ。それであなたの奥さんは、どうして籍を抜かなくてもいいと言ってくるの」

「相手の奥さんはまるっきり離婚するつもりないそうです。まあ、男がいけないんですけどね。あれじゃあ奥さんも頭にきますよ。絶対どんなことがあっても別れないって言ってるそうです。子どももいますからね。そうするとうちのマキは、自分だけが損するのはイヤだと言うんです。あっちは夫婦としてまだ形だけのことでも続けているのに、自分の方が離婚してひとりになるのはイヤ……ってこれってどういう心理なんですかね。自分たちはカケオチしたくせに、亭主には籍を抜いてくれるなとは、よく言いますよね」

「ちょっと聞くけど」

ハルコが言った。

「マキさんから、どのくらいの割合いで電話がかかってくるの？」

「一週間に二回ぐらいですかね。時々酔っている時もありますね」

「わかったわ」

ハルコが頷いた。

「あんたの女房、拗《す》ねてるのよ」

「拗ねてるですって!?」

大きな声を出したのは、星野ではなくいづみの方であった。

「私にはわかるのよ。拗ねてなかったら、女はそんなにしょっちゅう電話しないもの」

「だけど拗ねてるって意味がわからないわ」

「私が後悔しているのに、どうしてこんなにわかってくれないのって、駄々っ子みたいに、あちこち転《ころ》がってみたいのよ。なんか仕方ないネエちゃんだね、おたくのマキちゃんってば」

「後悔してる、なんて信じられませんよ」

と星野。

「そんなしおらしい女じゃないですよ」

「しおらしくなたって、後悔する時はするのよ」

「そうなんですかねえ……」

星野はまるで腑におちないようであった。

「IT野郎にはお金があると思ってたのに、女房に握られてる。いい？　お金持ってないIT野郎なんかね、なんの価値もないのよ」

「そうでしょうか」

「あたり前じゃないの。マキさんも、しまった、と思ってるはずよ。籍を抜かないでくださいって頼んできたのはそのためじゃないの」

「そうですかねえ……」

星野はティッシュペーパーで額を拭いた。しきりに汗をかいている。

「マスコミに売ってやる、とか言って、あなたに脅しをかけてる。これ、こっちを向いて欲しくて駄々をこねている子どもと同じじゃないの。だんだん読めてきたわ。あのね……星野」

「はい、何でしょうか」

「あなた女房にまだ惚れてるんじゃ」

「そんな……」

「はっきり言いなさいよ」

「そうです……」

「だったら駄々っ子が家に帰ってくるのを待ちなさいよ。週に二回の電話が三回か四回に増えてくる頃、きっと奥さんは帰ってくるわよ」

「なんでそんなこと、ハルコさんはわかるんですか」

「女房と別れられない男に、たいていの人は失望するはずだもの。きっと帰ってくるわよ」

「ハルコさん……」

いづみは思わず尋ねた。

「ハルコさんは、女房と別れられない男と、どうしてずるずるつき合っているんですか」

「それが私のウィークポイントなのよねえ……」

ハルコは大きなため息をついた。

「理屈じゃないのよ。男と女って、別れる時が来るまでは別れられないの。私はまだその時が来ていないかも。星野もまだ別れる時じゃない。つらいだろうけど、惚れた弱みよね。ちびっとお金渡して待っててやりなさいよ」

「いつになくハルコさん、やさしいですね」

いづみはふと、自分の別れた不倫相手を思い出したのである。

ハルコ、カリフォルニアに行く

ロサンゼルス独特の低い山々が急に迫ってきた。ハイウェイを降りて右に曲がりしばらく行くと「ザ・クリスタル」というプレートのかかった大きな門が見える。ゲートの前で二人の係員が車をチェックしている。

「これがゲーテッドコミュニティ、というやつよね!」

助手席に座っているハルコが叫んだ。

「金持ちが塀を囲って住んでいるとこ」

「まあ、セキュリティはカリフォルニアいちでしょうね」

レクサスを運転している岡田《おかだ》英行《ひでゆき》が得意さを隠すために〝淡々〟を装いながら説明をし始める。

「このところビバリーヒルズも物騒になりましたからね。こちらに越してくるスターもいるんですよ。まあ、ここはすべての面で安全ですからね」

ゲートの女性にカードを見せるとバーが上がった。いよいよロサンゼルスが誇る超高級コミュニティに入っていくのだ。ゆるやかな丘陵は緑をたっぷり残している。どこも千坪単位の豪邸だ。塀のあるところもないところもあるが、円柱のあるコロニアル様式というところは共通していた。

「すっごいうちばっかりねえ……」

ハルコはため息をついた。

「こりゃあ、確かにビバリーヒルズよりもすごいかもしれない」

「この中じゃ、僕がいちばん貧乏だと思いますよ」

岡田はヨーロッパの城のような白い邸を指さした。庭の真中に噴水があり、あふれ出る水に、カリフォルニアの太陽が反射している。

「ここはインドの富豪が住んでいるんですけど、このあいだは子どもの誕生日パーティーをやって、本物の象がやってきましたよ」

「ふうん、インド人がねえ」

「ご存知のとおり、彼らは急に台頭してきましたからね。あ、ここは中国人の愛人ストリートって言われてます」

先ほどの城館よりも、こぶりの邸が続いていた。

「中国人の金持ちが投資目的で買って、しばらくは愛人を住まわせているんです。彼女たちも心細いのか、同じような女たちの近くに家を建ててもらうようですね」

そうこうしているうちに車は坂をゆっくり上がり、一軒の邸の前でとまった。やはりコロニアル風の邸宅だ。白バラをはわせた低い鉄柵が品がよい。

「ここが僕の家です。まあ入ってください」

扉が開いて、一人の女が現れた。

「まあ、ユウコちゃん、元気でやってるの」

ハルコが狎れ狎れしく声をかけた。意外なことに、ハルコは男友だちの妻とたいてい仲がいいのである。

「ハルコさん、お久しぶりです」

二人は外国風に軽くハグした。ユウコと呼ばれた岡田の妻は、彼と同じぐらいの年齢、五十代のはじめといづみは見た。

「紹介するわ。こっちは私の友だちのいづみさん。フードライターをしていて、カリフォルニアの食について取材したいって言うから私が連れてきてあげたのよ」

よく言うよ、といづみは思った。ロサンゼルスの日本人経営者の会で講演をする。航空チケットさえ自分で調達すれば後はめんどうをみるからと、半ば強引に連れてこられたのである。ていのいい秘書代わりであった。

「ハルコさん、まずはうちの中を見てくださいよ」

岡田はついに〝淡々〟をやめたようである。ハルコといづみを、二階へと誘った。

それは優雅な彫刻をほどこした螺旋階段であった。

「まあ、『風と共に去りぬ』みたいじゃないの」

「これはヨーロッパの古い木を買ってきてつくりましたよ」

二階にあがると五つの寝室、岡田の書斎があった。書斎には日本の歴史の本がぎっしりと置かれていた。

「おっ、徳川家康！　あんたみたいな叩き上げの経営者のアイドルよね。このあいだも『天下ずし』の社長がテレビで、家康どーのこーのって言ってたわよ」

「ハルコさんにはまいっちゃうよなア」

これまた岡田は、たいていの男がする反応をする。ハルコにずけずけものを言われるたびに目尻を下げるのである。

「ハルコさん、この浴室を見てください。日本の職人連れてきてヒノキの日本風呂にしました。それからこのサウナは広いでしょう。五人は充分入れますよ」

ふんふんと見学しているハルコは、大きなため息をついた。

「英ちゃん、あんた出世したわねえ！」

「いやあ、まだまだですけどねえ」

照れて笑う彼は、会った時驚いたほどの大男である。今も鍛えているらしく、腕にも隆々とした筋肉がついている。岡田は焼肉チェーン店を経営していると聞いた。「牛ハチ」は、日本では全く聞かない名前であるが、全米で五十六店舗、ロスだけで二十四店舗あるという。

「この人はね、私の最初の夫のイトコなのよ」

階下でシャンパンを飲みながらハルコが説明する。

「夫のうちはね、男はみんな名古屋大っていうエリートだったんだけど、この人だけは中京大学でレスリングやってる変わり者で、だからすごく気が合ったの」

「あの頃、うちの方じゃ評判でしたよ。ものすごく変わってる嫁さんが来たって。あれじゃ長く続くまいって、うちの親も言ってましたけどあたりましたね」

「何言ってんのよ。私のおかげであの家は今も会社続いてんじゃないの」

「そう、そう。僕は、ハルコさんはたいしたもんだと思いましたよ。もう左前になりかけてたイトコの会社を、これからは印刷だけじゃ必ず潰れる。ＩＣのチップやれってけしかけたんですからね」

「そうよオ。私はあそこからがっぽり株をもらってもいいと思ってるのよ」

「だから僕がレスリングでこっちに来て、このままアメリカに住みたいって思った時もずっと相談してたんです」

岡田はいづみに対してではなく、自分に言いきかせているかのようだ。

「起業したいって言った時、外食産業にしろ、ってアドバイスしてくれたのもハルコさんでしたよね」

「そうよ。あんたみたいにまず体が動く、っていうタイプは、食べ物屋がいちばんよ。私はね、この人に〝第二のロッキー青木〟になりなさい、って言ったの」

「ロッキー青木って誰ですか」

「まあ、この頃の若いコは……。まあ、若くもないけど、ロッキー青木も知らないの」

「アメリカで大成功した人ですよ。ベニハナという鉄板焼きの店が大あたりしたんです」

「あ、それならハワイに行った時に見たことあります」

「あの人もね、レスリングの選手だったのよ。アスリートって根性あるからね。英ちゃんもちゃんとやるはず、と思ってたの。まあ、私の人を見る目って、あの頃からすごかったんだけど」

岡田のサクセスストーリーは、いつのまにかハルコの自慢話となっていくようだ。

「英ちゃんが、お鮨をやるって言った時、私はやめろ、って止めたのよね。お鮨の職人してたらともかく、魚のよしあしを今から勉強するには、あんた、年をとり過ぎてるからって」

「そうなんです。それがよかったと思いますよ」

ハルコよりひとつふたつ年上だと思うが、なぜか岡田は彼女に対して敬語を使う。

「僕は鮨や天ぷらにしなくって、本当によかったと思いますね。今、確かに和食ブームですけど、鮨や天ぷら食べる時、アメリカ人にはどこかで珍しいもの食べてる、ちょっと無理してるって意識があると思うんですよ。ですけど焼肉は違います。彼らがいつも食べてる大好きなバーベキューなんです。だから僕はうちの焼肉を『インドア・バーベキュー』として売り出しましたよ。その代わりタレにはものすごく工夫して、それがよかったんでしょうねえ……」

「英ちゃん、アンタ、本当に大人になったわねえ」

ハルコはシャンパンをたて続けに飲み、小さなしゃっくりをした。

「不渡り出しそうになってさ、泣いて電話かけてきた時もあったわよねえ。そしてハルコさん、アメリカに来てくれ、オレと一緒にいてくれよ、なんて言っちゃって……」

「ハルコさんたら！」

傍にいるユウコの手前、いづみはハルコをおしとどめた。

「いいわよ。ユウコさんだって知ってることなんだからさ。私もね、アメリカ行ってもいいかなァーってちらっと考えた時もあったんだけど、離婚したばっかりでしょ。そしてすぐ夫のイトコとナンカあっちゃ、どういう評判をたてられるかわからないじゃないの」

「へえー、ハルコさんでも評判を気にすることがあるんですか」

「あたり前でしょう」

「ハルコさんみたいに、好き放題、やりたい放題の人が……。信じられませんよ」

「まあ、まあ……」

岡田が二人の間に入った。といっても本気で止めている風はまるでない。久しぶりに日本の女の他愛ないお喋りを楽しんでいる風に見えた。

「つらい時にハルコさんに励まされたのは本当ですよ。ユウコとの結婚もね、ハルコさんにガンバレ、好きな女の一人くらいかっさらえ、って言われて頑張っちゃったようなもんだもの」

「かっさらえって……」

「私、岡田よりも五つ年上で、二人の子持ちでした。しかも結婚してたんですよ」

ユウコがにっこり微笑んだ。色白のこぢんまりとした顔立ちで、岡田よりも五つ年上ということは六十近くになるだろうが、とてもそのようには見えない。アメリカ人の女がよくやっているリフティングの整形手術を受けた形跡もないが、目立つシワや法令線もなかった。

「岡田さんって、もしかすると人妻マニア……」

いづみはうっかり口を滑らせそうになり、あわてて言い直した。

「それってすごく勇気がいることですよ」

「まあ、それについちゃ映画みたいなこともあってね」

「あなた、やめなさいよ」

「いいじゃないか。ハルコさんにもあの頃はちゃんと話せなかったけど、こいつの前の亭主っていうのが、DVの白人でまあとんでもない野郎だったんですよ。最後は拳銃向けて脅かすわけさ。まあ、いろんなことがあったよな。オレがレスリングやってなかったら、とっくに殺されちゃってたかなァと思った時もあったしさ」

「英ちゃんはえらいわよ」

ハルコはまだしゃっくりをしながら続ける。

「ユウコさんの二人の子どもをちゃんと育ててさ。自分の子どもはいなかったけど、二人の子どもを本当の子どものように可愛がったのよ」

ハルコの視線の先には、棚に飾られたたくさんの写真があった。二人のスーツを着た青年が写っている。ハーフ独特の美しい顔立ちだ。

「イケメンですねー」

近づいていづみは、しげしげと写真を眺めた。スーツ姿の写真の他に、卒業時のガウンを着ている写真も大きくひき伸ばされていた。

「二人ともめっちゃハンサム。日本に来たらすぐにモデルかタレントになれるんじゃないかしら」

「残念だけど、二人ともスタンフォードとUSCを出て就職してるんだ」

「すごいですね」

USCは知らないが、スタンフォードといえばアメリカを代表する名門大学ではないか。

「英ちゃんはうまくやったわよ。自分は中京大学だけど、子どもたちはさ、しっかり勉強させたんだから。ところでユウコさん、そろそろランチにしない？　私、お腹が空いちゃったわ。それからさ、英ちゃん、シャンパンはやめてもうワインにして。カリフォルニアワインはピンキリだけど、もちろんピンにしてよね。スクリーミングイーグルなんてことは言わないけど、オーパスワンくらいは抜いてよね」

「はい、はい、わかりましたよ。ハルコさんは、とにかく高いもんが好きだから」

「あたり前じゃないの。人にお金を遣うのは、いちばんわかりやすい誠意なのよ」

「それじゃハルコさん、私にはまるで誠意ないですね。いつも安いものをご馳走してくれるか、あとはワリカンだもん」

「いづみさん、あんたちょっと酔ってんじゃないの」

ハルコはじろりと睨んだ。

ハルコの講演会は、日系ホテルの一室で行なわれた。岡田が副会長を務める日本人経営者の会のメンバーが、三十人ほど集まった。ハルコ程度の知名度でしかも海外で人が集まるのだろうかと心配していたいづみは胸をなでおろす。

「誰も来なかったらどうしようかと思ってましたよ」

「何言ってんのよ」

とハルコはふんと笑った。

「英ちゃんが、日本でいま注目を浴びる美人経営者ってことで、私を招んでくれたのよ。そもそも私のポジティブな生き方は、こっちの人たちの心をうつに違いないんだから」

そして講演が始まり、いづみも会員に混じって聞いた。意外なことにハルコの話は面白かった。もちろん自慢話がほとんどなのであるが、中に今の日本の現状も盛り込んでいく。

「今の日本の若者に覇気がないというのは、おそらく皆さんが想像している以上だと思います。よく知られていることですが、お金欲しがらない、車欲しがらない。

女の子とつき合いたくもない。ものを買いたくない。この欲望の欠落が、今の日本の衰退を招いていると思いますよ。日本は、私ら五十代が頑張っているから、まだ何とかもってますけどね、私たちがリタイアしたらいったいどうなるんだと空恐ろしくなりますよ」

何人かが頷いた。

「いちばん残念なことは、今の日本の若者たちは海外へ行こうとしません。留学する学生の数がものすごく減少していることはご存知だと思います。今、アメリカの名門大学では日本人は数えるほどで、中国、韓国の留学生たちとは比べものにならないと言われていますね。だけどご安心ください。最近日本の私立高校では、東大よりもアメリカの一流大学を目標にするカリキュラムがとられているところもあるんです」

その中のひとつは、私が理事をしているんですよ、とハルコは胸を張った。

「また従来のインターナショナルスクールとは別に、すべて英語で授業を行なう全寮制の学校も幾つか出来ているんです。私は何年後か、ここの卒業生がアメリカの一流大学へ進み、そして世界を舞台にグローバルに活躍してくれるものと信じています」

パチパチとおざなりではないけれど、そう熱烈というほどでもない、まあごくふつうの拍手が起こった。

そしてその後懇親パーティーとなった。ホテルの中の「権八」に席がしつらえられた。ビュッフェパーティーではなく、着席式のものだとなると、内容も日本式になってくる。

「まあまあ、〝ハルコ先生〟お疲れさまでした」

幹事の坂上《さかがみ》という食品貿易会社社長が、ビールを酌《つ》いでくれる。

「いやあ、貴重なお話、ありがとうございました」

「喜んでいただけたら嬉しいです」

ハルコは気を配っている。

「いまネットビジネスというものが飽和状態になり、ご自分の事業も苦戦をしていると、率直なお話、本当に勉強になりましたよ」

「そりゃ、そうですよ。これだけライバルが増えますとねぇ」

ハルコはネットで美容院やネイルサロンを予約出来る会社を経営しているのであるが、最近はテレビCMをがんがん流す大手にやられ気味だとこぼしている。その代わり自分でサロンを経営することを考えついた。セレブ向けの「出張トレーナー」はかなり好調で、こちらはとても伸びていると自慢していた。

「ネットビジネスというのは、大きいものが小さいものをどんどん呑み込んでいきますよ。私たちの生き延びる道は、コンテンツをつくり出すことと確信を持ちました」

そのコンテンツがどういうものかお聞きしたいと、女性の会員の一人が話しかける。元デルタ航空のCAをしていて、今はアメリカ人の夫と共に不動産業をしているという派手な美人だ。

「やっぱり美容と教育かしら」

ハルコは答える。

「どんなに不景気になっても、女性の美容に遣うお金は減ることはありません。私は近い将来、化粧品のネット販売を考えています。もちろん、今、馬に喰わせるほどたくさんの……」

ハルコはここで少々下品な言い方をした。

「化粧品が通販で売られていますけれど、はっきり勝ち組と負け組とに分かれているんです。この勝ち組を分析すれば、おのずから結果は出てくると思うんですよ。まずスペシャルな効果があるということ。今、美肌に効くとか、肌理《きめ》が細かくなる、ということだけでは、女性は新しい化粧品に手を出しません。ずばり法令線を消す、頬を二ミリひき上げるとか、具体的なことを言わなきゃいけないんですよ。私はね、まずはリスクを少なくするため、どこか小規模の化粧品会社で、ひとつのラインを借りて製造することを考えています。化粧品の開発なんてものは、シロウトの私でもどうとでもなります。要はつくってくれる工場を探せばいいんですから」

横で聞いているうちに、いづみはすっかり呆れてしまった。ハルコのはったりにだ。今まで彼女の口から化粧品うんぬん、などという話は聞いたことがない。

「どんなコンテンツなのか」

と聞かれて、口から出まかせを言っているのだろうと察しがつく。ハルコという女は、「知らない」とか「やれない」という言葉が大嫌いなのだ。有名人の名前が出て「知らない」とか「会ったことがない」と答える時の彼女の口惜しそうな顔といったらなかった。その反対に「知ってるわよ」の時にハルコの顔は喜びで輝く。そして「よぉく知ってるわよ」と、その答えはリフレインされるのである。が、その「よぉく知ってる」人がほめられることはめったにない。たいていの場合、

「どうしようもない女好きよ」

「仕事が出来なくて評判の悪いCEO」

という評価が下されるのである。

ハルコのはったりはさらに続く。

「私は今後の日本の最大のコンテンツは、教育だと思っているんですよ。もう、狭い日本で東大や早慶あたりをめざしている時代じゃないんですよ。ハーバード、エ

ール、スタンフォード、プリンストンといったアメリカの名門校をめざして日本の子どもたちは頑張らなきゃいけないんです」

そのためにもと、ハルコはもったいぶった調子で続ける。

「学校法人と提携して、高校からすべて英語の授業を行なうべく、いろんな専門家の意見を聞いている最中です。おそらく誰も考えつかなかったような、国際人を育てるグローバルな学校をつくれると思ってますよ」

これまた大きく出たもんだと、いづみは笑い出したくなるのを必死で抑えた。子どもを持たないハルコは、子どもに関心を持たない。それどころかあまり好意的ではなかった。新幹線のグリーン車で泣き出す子どもがいると大きく舌うちをする。

「全く何のためにグリーン車代払ってるかわかりゃしないわ。静かに眠るための料金じゃないの。子どもがチビな頃はグリーン車なんか連れてこないで欲しいわよ。全く、世の中には嫌煙権っていうのがあるんだから、嫌ガキ権っていうのも法律でつくってほしいわよね。『他の方の健康を損なう怖れがあります。連れ出しには注意しましょう』とか」

「ハルコさん、そんなこと言うと怒られますよ。日本はこれから少子化に向かってるんだから、子どもは大切にしなきゃ」

「いづみさん、あなた、そんなこと本気で言ってんの？　子どもを持ってない女が、そんなこと言うとキレイゴトに聞こえるわよ。子どもが泣きわめいてんのに、平気でスマホいじってる母親に、ちゃんと子育て出来るわけないじゃないの。あの女たちが育てたチビたちが、将来大人になってくかと思うと、私は少子化何が悪い、っていう気分になっちゃうわよね。将来私たち年寄りになって、自分で稼いだ金遣い切って死んでくわよ。だから子ども大切にしろとか、言わないで欲しいわねっ」

このあいだも新幹線の中で、あたり構わずこんなことを大声で言っていたハルコが、将来の日本の子どもたちうんぬんを、本気で考えているわけがないではないか。

坂上が問う。

「ハルコ先生、本当に日本の学生はグローバル化をめざすべきなんですかね」

「あたり前でしょう。そんなことは自然な世の中の流れじゃありませんか」

「でもね、こっちの大学を出たってやっぱり就職口はありません。だからこの頃、ロスの子どもたちは日本に行きたがる傾向があるんですよ」

「何ですって。アメリカの子どもたちが日本へ行きたがるなんて……」

「でも本当にそうなんです」

——坂上秀樹《ひでき》の話。

私は今年六十になります。私の年代というのは、狭い日本からアメリカに出てひと旗あげようっていう世代ですからね。岡田さんは大学出てからこっちに来ましたが、その上の僕らの世代だと、ほとんど高卒です。中には中卒もいます。そしてみんな苦労しながら何とか今の地位をつくりました。そして落ち着いた今、みんなが頭を抱えるのが子どもの教育なんです。アメリカというところは、日本とは比べものにならないくらいの学歴社会です。だってハーバード卒と、ちんけな州立大卒だと同じ会社に入ってもまるで給料が違います。ですからみんないい大学をめざして頑張るんですが、東部の名門へ進むなんて、もう夢物語ですよ。こちらにはUSC、南カリフォルニア大学という名門大学があります。各高校で一番から五番に入るぐらいの子どもが行くところです。東部のアイビーリーグへ行くのは、このへんのトップをさらに突き抜けた子です。ですからUSCでもすごいことなんですけどね。このUSCを出たってこの頃は就職口がないんですよ。ええ、うちのバイトのコもUSC出です。前の女房との子どももUSCですが、まあたいした仕事についていませんね。

そして今の女房との子どもはハイスクールに通っているんですが、この頃日本の大学に行きたいってしきりと言うんですよ。ええ、二番めの妻は日本人ですから、彼は純粋な日本人ですね。冬休みのたびに東京の女房の里へ行くんですが、あんな楽しいところはないって。そりゃそうでしょう。子どもの遊ぶところがいっぱいあるんですからね。それよりも就職のことが大きいと思うんですよ。この頃日本の大学でも九月入学のところが増えました。帰国子女枠ですと、日本ではかなりの有名校に入れるんですよ。そこの学校を出て日本で就職した方が、ずっと有利じゃないかってみんな思い始めたんですよ。高校からK大附属ニューヨーク校に入る子もこの頃増えてますね。書類審査だけで入れて卒業すればそのまま日本のK大に入れるんで、親は喜んでいるんですが、私はどこか腑に落ちないんですよ。アメリカで暮らしたい、アメリカ人になりたいと思って渡米した自分たちが、子どもたちを今度は日本に行かそうとしている。こういうのってどうなんでしょうかねえ。ハルコ先生は、日本の子どもたちをアメリカの大学に行かせるために頑張ってるらしいですけど、ロスの日本人たちは反対のことを始めようとしているんですよね……。

「そんなことでいいわけないじゃないですか」

ハルコは怒鳴った。

「なんてもったいないことをするんですか。アメリカで育った子どもを、日本に戻すなんて」

「もったいないですかね……」

「そりゃあ、そうよ。勉強したいことがあるならともかく、単にブランド欲しさに帰国子女枠で入学させるなんて。坂上さんたちは、そういう日本の学歴社会に背を向けてこちらにやってきたフロンティアじゃありませんか。それなのにどうして自分の子どもたちには全く反対のことをさせるんでしょうかね。だいたいね、日本の会社はあなたたちが思っているほど優しくはありません」

「そうでしょうか」

「一流大学卒の肩書きがあって、それで英語ペラペラならどこでも就職出来ると思っているでしょうけどね、日本は一部のベンチャーを除いて協調性を何よりも大切にするんですよ」

講演会の余韻なのか、ハルコのもの言いは演説調である。

「私たちよりちょっと下の世代は、やたら留学が流行った世代です。多くの人が名もない三流の大学でも、アメリカということだけで有難がって行きましたよ。だけど帰ってきても就職口がない。勤め先でも嫌われる。それで留学ブームは去ったんですけど、あたり前でしょ。留学してきた人間は、もう日本のサイズに合わなくなってるんですよ。やたらディベートがうまくて自己主張が強い人間。こういうのは日本の社会でいちばん嫌われます」

「ハルコさんたら……」いづみは止めようとしたが遅かった。

「あれから三十年。日本の社会は少しも進歩してませんよ。情けないくらいです。

それどころかますます弱体化していて、みなさんもご存知のとおり、アメリカでいっちょやったろか、なんて若者は年々減るばっかりなんです。日本の大学の授業はつまらないし、だいいち日本の大学生は全く勉強しません。だから世界の競争からもとり残されるんです。そんなところへどうして皆さんの子どもを入れるんですか。単にブランド欲しさに、日本でしか通用しないブランドのために。みなさんの子どもはおそらく日本の企業で嫌われますよ。目立つ人、主張する人間を日本人は嫌います。私が嫌われるからわかります。一部の人からは徹底的にね。でもそんなとこ、こちらから願い下げです。みなさんの子どもは、アメリカで生まれ育つという貴重な体験をしてるんですよ。アメリカがダメでも世界どこにでも羽ばたけるんです。それなのにどうしてあの窮屈な島国に戻るのかしら。どうかフロンティアの誇りを持って、皆さんのDNAを継ぐお子さんの進路について考えてください。やがてお子さんたちは、世界から日本を支える立場になる人たちなんですから、その芽を摘まないようにしてください。もっと大きく行末を考えてください」

やがて拍手が起こった。先ほどの講演会の時よりもずっと心がこもったものであった。

「よくあんなにペラペラ言えましたね」

いづみがささやくと、

「まあ、人の子どものことなんかどうとでも言えるわよ。だけどね、私、本気で学校問題やろうかしらね。世界で日本人がこんなに気弱になってるなんて。なんか私、燃えてきちゃったわね」

ハルコはしきりに頷くのであった。

文春文庫

最高《さいこう》のオバハン
中島《なかじま》ハルコの恋愛相談室《れんあいそうだんしつ》

定価はカバーに
表示してあります

2017年10月10日　第1刷
2021年4月30日　第9刷

著　者　林《はやし》　真《ま》理《り》子《こ》

発行者　花田朋子
発行所　株式会社　文藝春秋

東京都千代田区紀尾井町 3-23　〒102-8008
TEL 03・3265・1211㈹
文藝春秋ホームページ　http://www.bunshun.co.jp

落丁、乱丁本は、お手数ですが小社製作部宛お送り下さい。送料小社負担でお取替致します。

印刷・凸版印刷　製本・加藤製本　Printed in Japan
ISBN978-4-16-790936-9